KB218203

용기

용기

김동문 지음

초판 인쇄 2025년 04월 10일
초판 발행 2025년 04월 15일

지은이 김동문
펴낸이 신현운
펴낸곳 연인M&B
기 획 여인화
디자인 이희정
마케팅 박한동
홍 보 정연순
등 록 2000년 3월 7일 제2-3037호
주 소 05056 서울특별시 광진구 자양로 73(자양동 628-25) 동원빌딩 5층 601호
전 화 (02)455-3987 팩스 02)3437-5975
홈주소 www.yeoninmb.co.kr
이메일 yeonin7@hanmail.net

값 17,000원

ISBN 978-89-6253-599-0 03810

김동문 지음

맨바닥에 헤딩하기 명수 허당 김동문이

지치고 힘든 이들에게 주는 '용기' 스물두 가지

Dum spiro, spero!
숨 쉬는 한, 희망이 있다!

Nothing is impossible!
불가능한 것은 없다!

Just do it!
바로 그것을 하라!

연인M&B

눈으로 보아 왔습니다. 삶으로 확인하였습니다. 저자의 용기의 삶을! 목회자요, 사회복지사요, 음악치료사요, 작가인 저자의 용기의 삶은 그 누구든, 그 어떠한 상황이든 바로 그 자리에서 "으랏차차!" 하며 용기의 힘을 가지게 할 것입니다!

_고상윤 목사

한참 부모님의 사랑을 받으며 살 어린 시절 큰아버지 댁에서 자랐으니 얼마나 부모님이 그리웠겠습니까? 남들은 다 중학교 다니는데 얼마나 부러웠겠습니까? 어린 나이에 직장 생활을 했고 결국 잘못된 생각과 행동으로 빚나가 고난의 생활을 하신 목사님의 책을 읽고 너무나 안타까웠습니다. 역경 속에서도 애굽의 바로 왕 밑에서 생활하던 요셉이 하나님의 계획과 인도하심으로 애굽의 총리까지 되게 하신 하나님의 은혜가 목사님에게도 같은 방법으로 역경을 주시며 오늘에 이르게 하신 줄 믿습니다. "사람이 마음으로 자기의 길을 계획할지라도 그 걸음을 인도하시는 이는 여호와시라"는 잠언 말씀처럼 인간은 자기 뜻대로 되는 것이 아님을 우리는 알고 있습니다. 착한 사모님을 배필로 주시고 나약하고 어린 양무리들을 잘 양육하라고 목사님을 보내신 줄 믿습니다. 목사님, 더욱 더 하나님의 은혜가 풍성하여 양들을 양육하시기 부족함이 없도록 하나님께 간절히 기도하겠습니다.

_김영월 권사(80세)

김동문 목사님을 제가 처음 알게 된 건 개혁신당에 들어와서였습니다. 비록 개혁신당에서 좋은 결과를 얻지는 못하셨지만, 정치라는 험난한 길을 도전하는 용기는 대단하시다고 생각했습니다. 그리고 비난을 아랑곳하지 않으시고 소신껏 본인의 의견을 표명하시는 용기도 젊은 제가 본받아야 될 태도인 것 같습니다. 신앙인으로서, 한 개인으로서 용기 있는 목사님의 행보에 찬사를 보냅니다.

_김진 청년

박수를 보낸다. 혼자 잘 버티고 살았을 뿐만 아니라 다른 이들까지, 이제는 아프리카까지 품고 살아가는 사람이 되었다. 누구나 겪을 수 있는 일은 아니었지만 참 힘들고 어려운 시기를 잘 견디어 내었다. 아픔이 상처로 남지 않고 도리어 감사의 조건이 되었고, 나눔과 섬김의 이유가 되었다. 인생살이에 사연 없는 사람은 없다. 때로는 좌절을 겪으며 한계에 부딪히게 된다. 용기는 시련을 성장의 자양분으로 바꾼다. 용기 있게 살아온 한 사람의 눈물과 기도의 발자국이 이번에 감동과 함께 우리 곁에 다가왔다. _**노인국 목사**(영월 서머나교회)

지금 이 순간에도 누군가에게 하루를 살아갈 용기가 필요하다. 그게 바로 나이다. 용기 없이 살아가는 것은 너무나도 힘들다. 살아가는 동안 어떤 용기가 필요한지 어떻게 살아야 할지 알려 주는 책이다. 이 책을 골랐다면 그 또한 용기이다. 우리에게 주어진 시간 또한 용기 있는 선택이 필요하다. _**박훈** 형제

목사님 출간을 축하드립니다. 하루하루가 힘들어하는 현실 속에 한 줄기 빛이 되어 줄 "용기"라는 책 선물, 많은 사람들에게 희망과 용기가 되어 주길 바랍니다. 수고하셨습니다. _**박상철 원장**(두울레색소폰학원)

아무 쓸데없는 인생을 살다 보면 쓰레기통에 버리고 싶다가도 나보다 더 힘들고 어려운 지인들을 보면 꺼내 주고 싶습니다. 목사님! 내가 무엇을 하든지 용기를 주실 거죠? _**박정욱 부장**(전 건강보험공단 성남지사)

다윗이 매끄러운 돌 다섯 개를 주머니에 넣고 손에 물매를 들고 골리앗을 향해 달려갈 때 지켜보는 사람들은 마음속으로 생각했을 것이다. 허당끼가 있다고… 자칭 허당 김동문 목사님은 그런 사람이다. _**백종용 목사**(다산은혜교회)

내 마음과 믿음이 가리키는 곳을 향하여, 두려움과 망설임이라는 어둠을 뚫고 달려가는 선배님을 보면서 참 용기가 무엇인지 배워 갑니다~~^^

_**백형환 목사**(벌교 보천교회)

어떤 거추장한 말로도 용기를 대신할 순 없다. 용기 있게 꿈꿔 봤던 자만이 멋있게 무너지는 법을 알고, 또 보란 듯 우뚝 선다. 저자 김동문 목사님의 인생 또한 그렇다.

_**성시명** 청년

용기! 이렇게도 다양한 용기가 있음에 새삼 느껴지고, 용기가 없어서 그동안 미뤄 왔던 말과 행동들을 실천하며 용기가 주는 또 다른 용기에 힘이 납니다. 으랏차차!

_**신은숙** 권사

평화를 가져오는 사람을 넘어 싸움도 멈추게 하는 그런 사람이 되기를 말씀하시는 저자의 삶은 참으로 최고입니다!

_**신일선** 권사

허당 김동문의 삶은 용기 그 자체였습니다. 한때 '빵잽이'였던 그는, 어둠 속에서 절망 대신 희망을, 후회 대신 변화를 선택했습니다. 그는 고난 속에서 믿음을 붙잡고, 그 믿음을 통해 새로운 인생의 길을 열었습니다. 목회자로서, 사회복지사로서, 음악치료사로서, 버스커로서 그의 삶은 사람들에게 위로와 도전의 메시지를 전하며, 용기의 가치를 깨닫게 합니다. 이 책에 담긴 스물두 가지 메시지에는 허당 김동문의 치열했던 인생 여정과 끝없는 도전이 고스란히 담겨 있어 독자들에게 깊은 감동을 선사할 것입니다. "용기"는 우리 모두에게 인생의 방향성을 점검하는 계기를 만들어 줄 것이라 확신합니다. 우리 모두 용기 있게, 으랏차차~!

_**양현석** 전도사

인생에 많은 이야기가 있는 김동문 목사님께서 세 번째 책, “용기”를 출간하신다고 연락을 받았습니다. 그분의 삶 자체가 용기의 연속이었고, 이번 책 역시 그 “용기”를 담아낸 또 하나의 도전이라 생각됩니다. 책에 담긴 22가지 용기의 이야기는 단순한 기록이 아니라, 우리 모두에게 삶을 돌아볼 기회를 주지 않을까 기대됩니다. _**엄지영**(오카리나 아티스트)

아모르 파티, 운명을 사랑한 목사님! 그 운명에 굴하지 않고 그 운명을 뛰어넘어 용기 있게 자신의 삶을 하나님 나라와 지역사회에 헌신하며 상상 그 이상의 삶의 길을 걷고 있는 목사님의 용기와 열정을 응원하며 기대합니다 _**유보라** 집사

이 책은 인생을 살아갈 때 경험하는 두려움을 넘어 믿음으로 삶을 직시할 수 있는 용기를 얻도록 지혜를 줍니다. 하나님의 인도하심 속에서 용기를 내야 할 모든 이들에게 깊은 위로와 도전을 줄 것입니다. _**윤태경 목사**(이화교회)

왕상 2장 2절에 다윗은 유언을 남기면서 힘써 대장부가 되라고 합니다. 다윗은 용기 있는 사람이었고 김동문 목사님도 대장부입니다. 행복을 추구하려는 용기를 내지 못한다면 슬픈 일입니다. 궤도를 탈출하고 십자가를 질 용기는 위로부터 주어지는데 이 책을 읽는 독자들이 그 요청에 알았습니다 라고 흔쾌히 반응하길 축복합니다. _**이성은 목사**(다산교회)

20여 년을 남양주에서 함께 사회복지사로 활동했기에 목사님의 진심, 솔직, 추진력, 두려움 없이 오직 주만 바라보시면서 꿋꿋하게 직진하시는 모습에 저도 도전을 받습니다. 부부가 같은 곳을 바라보시며 걷는 그 길이 주님이 보시기에 좋았더라!
_**이정자 원장**(쉼터요양원)

이 책은 저자가 인생이라는 광산(鑛山)에서 '용기'라는 광맥(鑛脈)을 찾아 채굴한 보석을 담고 있다. 광산이라는 혹독한 환경에서 체득(體得)한 진국이 담겨 있는 책이다. 어려운 시대를 살아 내고 있는 이 시대 모든 이들, 특별히 청소년, 청년 미래 세대들에게 어마어마한 용기를 선물하는 좋은 선물이 되기를 바랍니다.
_**이운영 목사**(단양 대광교회)

때론 불이익에 맞서는 작은 소리…, 어려운 상황에서 잠잠히 버텨 내는 힘…, 방법이 없다고 여겨질 때 한 걸음 내디뎌 보는 몸부림…, 이같이 보통 사람들의 작은 용기가 모아질 때 세상을 움직이는 hero가 될 수 있을 것이다. 나를 나로 살아갈 수 있는 용기를 내게 해 주는 책!
_**임현주**(사회복지사)

이 지역사회에 직면해 있는 문제들을 해결하기 위해 자신을 허당이라 낮추시고, 또한 자신의 치부도 과감히 공개하시는 그의 용기… 정말 많은 것을 배우고 본받아 마땅하다 생각합니다.
_**장정훈** 집사

한때는 자신에게 쏟아질 비난과 손가락질을 두려워하지 않고 자신의 뜻을 굽히지 않는 것을 용기라고 불렀으나 지금은 "예수 믿을 용기"처럼 세상은 아무 말도 하지 않기에 하고자 하는 일을 할 수 있는 것이 용기인 시대가 되었다. 허당 김동문 목사는 이 시대에 가장 용기 있는 사람이라 할 것이다. 그가 쓴 책, "용기"를 읽을 만한 용기를 기대해 본다.

_**정초신 영화감독**(사랑해요 대한민국 시니어모델 총연합회 회장)

강하고 담대하라신 주님의 말씀이 있듯이 이 시끄러운 세상 속에 공의와 정의를 외칠 수 있는용기~ 그 용기로 인해 고난이 닥치더라도 주님 한 분 의지하며 앞으로 앞으로 전진하는 용기~ 그 용기에 박수갈채를 보내 드립니다~ 특히 목사님의 가족 사랑, 믿음, 협력 위에 걸어가시는 네 식구의 행보 앞에 늘 반성하고 배워 갑니다~^^ 으랏차차 홧팅입니다. _**최옥환** 여사

김동문 박사님의 삶은 용기의 길을 보여 줍니다. 이 책을 통해 많은 이들이 희망을 얻고, 새로운 도전을 향해 나아갈 힘을 얻게 되길 바랍니다.

_**한숙희 음악치료사**(예술융합치유연구소)

수많은 용기가 모여 하나를 이루고, 더 많은 사람을 모아 뜻을 이뤄 낸 꿈, 그 용기와 마주 볼 수 있게 해 주는 책! _**홍승완** 청년

가족 추천사

29년의 삶을 함께해 온 내 남편… 남편이 "용기"라는 책을 낸다고 하니 문득 남편의 결혼 전 프러포즈가 떠오릅니다. 세 번째 만났을 때 아주 조심스럽게 나에게 말했습니다. "현재 내가 가진 것은 아무것도 없습니다. 다만 나의 미래를 사 줄 수 있겠습니까?" 이것이 경상도 사나이의 프러포즈였습니다.

남편은 그때 화려했던 과거를 나에게 다 말한 뒤였기에 나에게 지금 이 말을 하기까지 얼마나 큰 용기가 필요한지를 알 수 있었습니다. 그 말을 듣고 충분히 고민하고 기도한 뒤 다음 만났을 때, 나는 용기 내어 말했었습니다. "나의 모든 것을 바쳐 당신의 미래를 사고 싶습니다."라고.

누구나 프러포즈라 하면 떠오르는 각종 화려한 이벤트가 있습니다. 꽃바구니나 아이스크림 속의 반지 등 다양한 생각을 하게 됩니다. 하지만 난 보이는 현재가 아닌 보이지도 않고 잡히지도 않는 미래를 하나님의 약속으로 기쁘게 받아들일 용기를 그때 내었습니다. 그리고 지금은 그때 용기를 참 잘 냈었구나, 결혼 정말 잘했구나 하는 생각을 하게 됩니다.

남편이 책을 낸다고 하니 그때 나에게 내었던 남편의 용기가 생각이 나고, 지금도 끊임없이 도전하고 행동하는 남편을 보면서 이 책을 통해 많은 이들이 삶 속에서 다양한 용기를 낼 수 있는 힘을 얻게 되기를 바래 봅니다. **_아내 신광숙**

용기 하나로 삶을 살아 낸 아버지를 보며 자란 저는 자연스럽게 용기의 가치를 배웠습니다. 용기 하나로 많은 것을 해낼 수 있다는 걸 알기에, 이제는 더 이상 주어진 운명에 그저 몸을 맡길 수 없습니다.

아버지가 아니더라도, 저는 단 한 문장의 글, 누군가의 한 마디에 용기를 얻습니다. 이처럼 세상에는 용기를 배울 수 있는 방법이 많지만, 그중에서도 제가 가장 귀히 여기는 것은 아버지가 살아온 삶을 통해 얻은 깨달음, 고뇌, 그리고 아픔입니다.

저는 아버지와 깊고 긴 대화를 자주 나눕니다. 그 시간을 통해 저는 변화했고, 스스로 성장했음을 느낍니다. 제 변화의 가장 확실한 증거는… 이전보다 훨씬 행복해졌다는 것입니다!

이렇게 소중한 아버지의 용기와 생각을 한 권의 책으로 담아낼 수 있어 참 다행입니다. 이제 여러분도 이 책을 통해, 저희 아버지와 깊은 대화를 나누어 보세요. 그리고 용기 낼 용기를 내어 보세요. 모든 사람이 행복하기를 바랍니다.

_딸 김혜린

프롤로그

요즘 사람들이 '살아 내다'는 말을 많이 사용한다. 어느새부터인가 나도 그 말을 많이 사용하고 있었다. 그러면서 '살다'와 '살아 내다'는 말에 어떤 의미가 있을까 하는 생각을 해 보았다. 내가 생각하기에 '살다'라는 말에는 생명을 기계적으로 유지하는 것으로 볼 수 있는 반면에 '살아 내다'는 말은 살기가 힘들고 벅찬 세상에서 온몸과 온 마음을 다해 사는 자의 비장한 의지가 담겨 있는 것 같다.

정말 요즘 현대인들은 하루하루 사는 게 아니라 살아 내고 있는 것 같다. 그러면서 많은 사람들이 오늘의 주어진 삶을 살아 내면서 나의 내일이 열리지 않으면 어떻게 하나 하는 불안을 안고 살며, 또 어떤 사람들은 살아 내느라 지쳐서 주저앉거나 삶의 끈을 놓아 버리는 사람들도 있다.

나의 육십 평생의 삶을 돌아보면, 열심히 자신의 삶을 살아 내는 많은 사람들과 마찬가지로 나 역시 나의 삶을 살아 내느라 무던히도 발버둥을 쳐 온 것 같다. 내가 어제를 살아 내는 데 성공하여 오늘 이렇게 살아 있는 것은 정말 하나님의 은혜이다!

어느 날 밤, '믿음이란 무엇인가?'라는 질문을 스스로에게 하게 되었다. 외람된 말이지만, 나는 35년의 세월을 설교자로 살아왔다. 그 세월 동안 나는 마치 세상사 모두 깨달은 사람처럼 수많은 청소년들과 청년들과 성인들과 노년의 어르신들께 믿음을 설파해 왔다. 그런 내가 '믿음이란 무엇인가?'라는 근본적인 질문을 스스로에게 던지면서 고민하던 중에 '믿음은 용기다.'라는 답을 얻었다.

나의 이전 저서 「약한 나로 강하게」에서 밝혔듯이, 나는 하나님의 은혜로 현재진행형으로 패자 부활에 성공하고 있는 사람이다. 돌아보면, 내가 그런 인생역전을 경험하게 된 것은 내가 패자 부활을 위한 용기를 냈을 때, 하나님이 나를 도우셨기 때문이라는 사실이다. 그래서 적어도 나는 신앙에 기반한 용기야말로 사람의 인생을 변화시키고 발전시키고 홀로서기를 가능하게 한다는 확신을 가지게 되었다.

이 책은 나의 그런 경험에서 나오는 사유의 결과물을 교회 주일예배에서 성도들과 나누었던 '용기 시리즈' 메시지를 정리한 것이다. 나는 이 책이 비록 보잘것없지만 그래도 신앙인들뿐만 아니라 비신앙인들도 부담 없이 읽고 고단한 오늘의 삶을 잘 살아 내 주기를, 오늘보다 나은 내일을 열어 갈 수 있기를 바라는 마음을 가지고 있다.

나는 확신한다. 용기를 내는 자는 삶이 아무리 힘들어도 살아 낼 수 있고, 세상을 이기는 자가 될 수 있다고.

2025년 새봄

김동문

힘이 들어도 여유만만

일이 안 풀려도 희희낙락

고난을 당해도 위풍당당

사시사철 으랏차차~!

| 차례 |

16. 한계를 뛰어넘을 용기

17. 궤도 탈출할 용기

18. 반전시킬 용기

19. 레전드가 될 용기

1
예수 믿을 용기

15 이르시되 너희는 나를 누구라 하느냐

16 시몬 베드로가 대답하여 이르되 주는 그리스도시요 살아 계신 하나님의 아들이시니이다

17 예수께서 대답하여 이르시되 바요나 시몬아 네가 복이 있도다 이를 네게 알게 한 이는 혈육이 아니요 하늘에 계신 내 아버지시니라

마태복음 15장 13~17절

내가 예수님을 믿을 용기를 냈을 때, 나의 물리적 환경은 변함이 없었다. 그러나 존재에 대하여, 내가 처한 삶의 환경에 대하여, 나의 삶에 대하여 코페르니쿠스적 전환이라고 할 수 있는 인지재구조가 일어났다. 이로 인해 나는 죽을 인생이 살 인생으로 바뀌었다. 내 가슴속을 가득 채우고 있던 절망이 희망으로 대체되었다.

'나는 할 수 없다.'는 생각이 '나도 할 수 있다!'는 생각으로 바뀌었고, 늘 패배를 생각하기에 번번이 패배할 수밖에 없던 인생이 늘 승리를 생각하기에 지금까지 승리를 위한 걸음을 힘차게 내딛고 있는 인생이 되었다. 그 와중에 실제로 나의 인생이 바뀌었다. 그래서 나는 이렇게 외친다.

"예수 그리스도를 믿는 용기는 세상에서 가장 위대한 용기이다!"

_본문 중에서

용기와 객기

대부분의 사람들은 '용기'라는 말을 좋아하고 용기를 내고 싶어하지만, '객기'라는 말을 싫어하고 객기를 부리기 싫어한다. 또 내가 무엇에 도전하는 것을 용기라고 생각하고 남이 하는 것은 객기라고 하기 쉽다.

무엇이 용기이고 무엇이 객기일까? 누군가 이런 말을 했다. '무엇인가에 도전하였을 때 자신이 한 도전의 결과가 어떠하든지 간에 후회하지 않는다면 그것은 용기이고, 후회한다면 객기이다.' 이 정의는 학술적이지도 않지만 나에게는 심오한 깨우침이 있는 말이라고 생각되었다. 그러면서 사람이 객기를 부리는 삶이 아니라 용기를 내는 삶을 현재진행형으로 살고 있다면, 그 사람이야말로 인생을 성공적으로 살고 있다는 생각이 들었다. 분명, 그 사람은 인생의 마지막 순간도 성공적으로 맞이할 것이라고 생각한다.

그러면 세상에서 가장 위대한 용기는 무엇일까? 사람들은 예수를 4대 성인 중의 한 사람으로 고백한다. 나는 예수님이 4대 성인을 넘어 우리를 구원하실 그리스도시요 살아 계신 하나님의 아들로 고백하고 믿는 용기가 세상에서 가장 위대한 용기라고 생각한다.

베드로의 용기

예수님은 제자들에게 질문하셨다. “너희는 나를 누구라 하느냐” 베드로는 “주는 그리스도시요 살아 계신 하나님의 아들이시니이다”라고 대답했다. 예수님은 그런 베드로에게 “너는 베드로라 내가 이 반석 위에 내 교회를 세우리니 음부의 권세가 이기지 못하리라”고 하셨다.

베드로의 원래 이름은 ‘바요나 시몬’이다. 이 이름은 요나의 아들 혹은 요한의 아들 시몬이다. 당시 시몬이라는 이름은 흔하디 흔한 이름이었다. 그런데 예수님은 그 시몬에게 베드로라는 이름을 붙여 주셨다. ‘베드로’라는 이름의 뜻은 ‘반석’이다. 예수님은 흔하디 흔한 이름인 시몬의 고백을 듣고는 시몬에게 반석이라는 뜻을 지닌 베드로라는 이름을 주셨다. 그리고 반석 위에 교회를 세우리라고 하셨다.

흔하디 흔한 이름이었던 시몬이 예수님을 그리스도시요 살아 계신 하나님의 아들이시라고 고백하는 용기를 낸 순간 결코 흔하지 않은, 주님의 몸된 교회를 세우는 반석이라는 뜻을 가진 베드로가 된 것이다.

나의 용기

그런데 예수님을 위대한 성인이라고 고백하기는 쉬워도 나의 구세주로 고백하는 것은 매우 어렵다. 나는 40여 년을 목회 현장과 사회복지 현장에서 살아오면서 신앙인뿐만 아니라 신앙생활을 하지 않는 사람들도 많이 만나고 있다. 신앙생활을 하지 않는 사람들 중에 예수님을 믿고 싶다고 하는 사람들도 있었다. 그러나 그들은 당장 예수님을 믿을 용기를 내지 못하고 있었다. 그러면서 언젠가는 자신도 예수님을 믿을 것이라고 하였다. 어쩌면 내가 만나지 못했던 사람들 가운데도 그런 사람들이 있을 것이다.

내가 스물두 살이었을 겨울 밤, 나는 내 인생의 가장 힘든 순간에 예수님을 믿을 용기를 냈었다. 처음엔 근본도 없는 나 같은 죄인은 예수님을 믿을 자격이 없다고 생각했었다. 그러나 예수님은 나 같은 죄인을 구원하시려고 이 땅에 오셔서 십자가에 달려 죽으시고 부활하셨다고 했다. 그 복음을 듣고 나는 예수님을 믿을 용기를 냈었다.

용기가 가져온 변화

순진하게도, 나는 예수님을 믿고 나면 다음 날부터 나의 인생이 활짝 펴질 줄 알았다. 그런데 한겨울 깊은 밤 많은 눈물을 쏟으면서 예수님을 믿는다고 고백하고 난 다음 날에도 나의 삶의 환경은 여전히 어제의 암울함 그 자체였다. 그런데 내 존재와 현실에 대한 인식의 변화가 있었다.

첫째, 예수님을 믿기 전의 나는 나 자신을 저주받은 존재로 인식했었는데, 예수님을 믿고 나서는 나 자신이 축복받은 존재라는 인식을 하게 되었다. 내 존재인식에 대한 코페르니쿠스적 전환이 일어난 것이다. 이것이 준 감동과 감격은 엄청나게 컸다.

둘째, 여전히 나의 삶의 환경은 지옥이었고, 그 지옥 경험은 참으로 고통스러웠다. 그런데 그 지옥 같은 환경이 천국으로 받아들여졌고, 내 안에는 천국을 경험하는 자의 평안과 기쁨이 있었다.

셋째, 예수님을 믿기 전의 나는 '어떻게 하면 죽을 수 있을까?' 하면서 죽을 궁리만 했었다. 그러나 예수님을 믿고 나서부터는 내가

'어떻게 하면 살 수 있을까?' 하면서 살 궁리를 하게 되었다.

나는 한 살 때 부모로부터 버림을 받아 송충이라는 별명을 얻었고, 열네 살 땐 공돌이, 청소년기엔 빵잽이(전과자)가 되었다. 그런 내가 예수님을 믿을 용기를 냈다. 내가 예수님을 믿을 용기를 내니 예수님은 나의 인생을 변화시키셨다.

나는 아버지가 나에게 물려준 불행의 사슬을 끊어 버렸다. 나는 초등학교밖에 졸업하지 못했으나 노력에 노력을 한 끝에 대학을 가고 신학대학원을 가서 목사가 되고 사회복지사가 되고 음악치료학 박사(Ph.D. Cand)가 되었다. 현재 나는 한 교회의 담임목사이기도 하고 사회복지사이기도 하고 음악치료사이기도 하고 작가이기도 하고 시니어 모델이기도 하고 버스커이기도 하다. 그냥 이름만 가진 것이 아니라, 그 이름에 걸맞는 멀티 플레이어로 살고 있다.

예수님을 믿을 용기를 낸 이후 40년의 세월이 흐르고 있는 지금, 나의 60년의 세월을 돌이켜 보면, 내 육십 평생 동안 가장 잘한 것은 바로 예수님을 믿을 용기를 낸 것이라고 생각한다. 그러면서 어쩌면 지금 이 순간에도 태생적 불행과 사회환경적 불행의 사슬에 매여 좌절과 절망의 밤들을 지내고 있는 이들을 생각하게 된다.

위에서 밝혔다시피, 내가 예수님을 믿을 용기를 냈을 때, 나의 물리적 환경은 변함이 없었다. 그러나 존재에 대하여, 내가 처한 삶의 환경에 대하여, 나의 삶에 대하여 코페르니쿠스적 전환이라고 할 수 있는 인지재구조가 일어났다. 이로 인해 나는 죽을 인생이 살 인생으로 바뀌었다. 내 가슴속을 가득 채우고 있던 절망이 희망으로 대체되었다.

'나는 할 수 없다.'는 생각이 '나도 할 수 있다!'는 생각으로 바뀌었고, 늘 패배를 생각하기에 번번이 패배할 수밖에 없던 인생이 늘 승리를 생각하기에 지금까지 승리를 위한 걸음을 힘차게 내딛고 있는 인생이 되었다. 그 와중에 실제로 나의 인생이 바뀌었다. 그래서 나는 이렇게 외친다.

"예수 그리스도를 믿는 용기는 세상에서 가장 위대한 용기이다!"

2
살 용기

3 이르기를 주 여호와께서 예루살렘에 관하여 이같이 말씀하시되 네 근본과 난 땅은 가나안이요 네 아버지는 아모리 사람이요 네 어머니는 헷 사람이라

4 네가 난 것을 말하건대 네가 날 때에 네 배꼽 줄을 자르지 아니하였고 너를 물로 씻어 정결하게 하지 아니하였고 네게 소금을 뿌리지 아니하였고 너를 강보로 싸지도 아니하였나니

5 아무도 너를 돌보아 이 중에 한 가지라도 네게 행하여 너를 불쌍히 여긴 자가 없었으므로 네가 나던 날에 네 몸이 천하게 여겨져 네가 들에 버려졌느니라

6 내가 네 곁으로 지나갈 때에 네가 피투성이가 되어 발짓하는 것을 보고 네게 이르기를 너는 피투성이라도 살아 있으라 다시 이르기를 너는 피투성이라도 살아 있으라 하고

에스겔 16장 3~6절

나는 열두 살 때 처음으로 죽는 게 무엇인지도 모르고 막연하게나마 죽고 싶다는 생각을 했었다. 열일곱 살 때는 어렴풋이 죽음이 무엇인지를 알았고 그래서 무서웠지만 두 번째로 죽고 싶다는 생각이 들어 이리저리 죽을 방법을 찾았지만 무서워서 죽지 못했다. 세 번째는 스물두 살 때 실제로 죽을 시도를 하던 찰나에 예수님을 믿게 되었는데, 신앙을 가지니 죽음의 욕구가 사라지고 생명의 욕구가 내 안에서 용솟음쳤다. 예수님을 믿기만 하면 세상이 달라질 줄 알았는데 여전히 고통과 고난이 지속되니 그 현실에서 도망가고 싶었는데 "피투성이라도 살아 있으라"라는 말씀에 살 용기를 냈다. 그리고 지금 이렇게 살아 있다!

_본문 중에서

언어 습관

우리나라 사람들의 언어습관 중에 정말 나쁜 게 있다. 걸핏하면 '죽겠다'고 한다. '힘들어 죽겠다', '아파 죽겠다', '기분 나빠 죽겠다', '피곤해 죽겠다', '화가 나 죽겠다'고 한다. 이런 말은 그럴 만하다고 생각한다. 왜냐하면, 너무 힘들고, 너무 아프고, 너무 피곤하고, 너무 속상하고, 너무 화가 나면 진짜 죽을 수 있기 때문이다. 그런데 '기분 좋아 죽겠다', '웃겨 죽겠다', '배불러 죽겠다', '이뻐 죽겠다', '행복해 죽겠다'. 이런 말은 앞뒤가 안 맞다. '기분이 좋아 살 것 같다', '배불러서 살 것 같다', '행복해서 살 것 같다' 이렇게 되어야 한다.

또 생각하는 것도 그렇다. 늘 부정적인 생각을 하며 사는 사람이 있고, 늘 긍정적인 생각을 하며 사는 사람이 있다. 부정적인 생각에 사로잡혀 사는 사람에겐 그나마 있는 복도 나가기 십상이고, 긍정적인 생각을 가지고 사는 사람에겐 없는 복도 들어오기 마련이다. 또 걸핏하면 '안 해, 할 수 없어' 하는 사람은 할 수 있는 것도 못하기 십상이고, '나는 할 수 있어, 하고 말 거야!'라고 하는 사람은 못할 것도 할 수 있게 되는 것이다. 하나님의 능력은 그렇게 예수님을 믿는 믿음 안에서 긍정적인 생각을 하고, 긍정적인 말을 하고, 긍정적인 의지를 가진 사람을 통해 역사하는 것이다.

예수님을 믿기 전에는 죽을 목숨이었던 사람도 예수님을 믿고 나면 산 목숨이 된다. 그렇게 산 사람은 살 용기를 내어야 한다. 그 어느 때보다 요즘이야말로 산 사람이 살 용기를 내어야 할 때가 아닌가 싶다.

고난이 주는 기회

에스겔 선지자가 활동하던 시기는 이스라엘이 바벨론의 침공을 받아 멸망하여 당시 이스라엘 왕이었던 여호야긴 왕과 함께 바벨론으로 포로로 잡혀 갔을 때이다. 세상적인 관점에서는 이스라엘이 희망이라고는 전혀 찾아볼 수 없는 완벽한 좌절과 절망을 겪을 시기였다. 그런 때에 에스겔 선지자는 포로로 잡혀간 이스라엘 백성들을 위로하고 격려를 하면서 장래에 있을 하나님의 구원을 전했다.

에스겔 6장 7절에서는 "내가 여호와인 줄을 너희가 알게 하려 함이라"는 말씀이 있는데, 이와 같은 말씀이 에스겔에 30회 이상 나온다. 심판하시는 이도 여호와 하나님이시고, 구원하시는 이도 하나님이시라는 것을 계속 반복해서 전하고 있다. 에스겔 선지자는 선민의식을 가졌던 이스라엘 백성들의 자존심을 여지없이 무너뜨렸다. 근본이 천하다고 했고, 태어나자마자 피투성이가 된 채로 들에 버려진 아이와 같다고 했다. 이 말은 아브라함의 순수 혈통이라는 자부심을 가지고 있던 이스라엘의 자존심을 처참하게 무너뜨리는 말이었다.

이스라엘 백성들의 처지는 바벨론의 침공을 받아 망해 가지고 백성들의 삶의 터전이 망가졌고, 왕을 비롯해서 많은 사람들이 포로로 잡혀간 상태이다. 그러면 하나님의 종이라면 그런 백성들에 대해 '아이고 이를 어째' 하면서 토닥여 주고 쓰다듬어 주면서 같이 울어주고 같이 아파하면서 위로를 해 주어야 한다. 그런데 에스겔 선지자는 잔인하게도 너는 근본이 천한 존재이고 태어나자마자 피투성이가 된 채 들에 버려진 존재라고 했다.

에스겔 선지자는 왜 이렇게 잔인한 말을 했을까? 이스라엘 백성들이 큰 불행을 당한 이유는 표면적으로는 바벨론의 침공 때문이지만, 영적으로는 이스라엘 백성들이 자신들의 분수를 모르고 교만해져서 하나님을 떠난 죄 때문이라는 것이다. 그러면서 바벨론을 원망하기 전에, 하나님을 원망하기 전에 너희 자신의 죄를 깨닫고 회개하고 하나님께 돌아오라는 것이다. 이러한 메시지는 당시 이스라엘 백성들에게도 큰 도전이 되었을 것이고, 오늘 우리들에게도 큰 도전이 된다.

내 앞에 닥친 고난과 불행에 대해 나는 잘났는데, 나는 잘못한 것이 없는데 하면서 나의 고난과 불행의 책임을 하나님께 돌리고 세상에 돌리면, 그 사람은 지금 닥친 고난과 불행에 갇혀 하나님의 구원을 경험하지 못하게 된다. 그러나 내가 이렇게 피투성이가 된 채 들에 버려진 존재처럼 된 것은 내가 내 분수를 모르고 교만해진 탓이구나 하면서 현재의 고난과 불행을 다시 하나님께로 나아갈 기회로 삼는 사람은 반드시 현재의 고난과 불행의 터널에서 빠져나오게 된다.

이사야 선지자는 "너희는 여호와를 만날 만한 때에 찾으라 가까이 계실 때에 그를 부르라"(이사야 55:6)고 했다. 아모스 선지자는 "여호와께서 이스라엘 족속에게 이와 같이 말씀하시기를 너희는 나를 찾으라 그리하면 살리라"(아모스 5:4)고 하였다. 오늘 내가 피투성이가 된 채 들판에 버려진 존재처럼 비참하게 된 이 순간이 하나님을 찾을 만한 때이구나, 내가 하나님을 찾을 때 하나님은 나를 살리시겠구나 그러면서 잃어버린 신앙을 회복할 때, 그 사람은 지금 자신이 당한 고난과 불행 속에서 여호와 하나님의 살리시는 구원을 경험하게 되는 것이다.

피투성이라도 살아 있으라

정신분석학자 프로이트(Sigmund Freud)에 따르면, 사람에겐 기본적인 욕구 두 가지가 있다고 한다. 에로스(eros)라고 하는 '살고자 하는 욕구'와 '사나토스'(thanatos)라고 하는 '죽고자 하는 욕구'가 있다는 것이다. 사람은 살면서 평생 이 두 욕구와 치열하게 전쟁을 한다. 죽고 싶어 하는 욕구가 살고자 하는 욕구보다 더 강하면, 그 사람은 살 수 있는 데도 죽게 된다. 살고 싶은 욕구가 죽고자 하는 욕구보다 더 강하면, 그 사람은 죽을 상황에도 살게 된다는 것이다.

나는 서른네 살 때 교회를 개척했고, 서른아홉 살 때 지금의 우리 교회를 건축했다. 나는 교회만 건축하고 나면 나의 목회 인생이 대로처럼 활짝 열릴 줄 알았다. 그런데 웬걸 많이 힘들었다. 아주 많이 힘들었다. 그런 나에게 살 용기를 낼 수 있게 해 준 두 말씀이 있었다.

첫째는 바로 "피투성이라도 살아 있으라"는 말씀이었다. 우리 지역 교회 연합부흥회 때 오신 강사님이 이 말씀을 가지고 설교를 하셨는데, 그 말씀에 큰 은혜를 받고 큰 도전을 받았었다. 살 용기가 용솟음치듯이 마구 솟아올랐다. 그 전에는 '이 교회를 어떻게 하면 정리할 수 있을까' 늘 이런 생각을 했었다. 그런데 "피투성이라도 살아 있으라"는 말씀에 은혜와 도전을 받고 나서부터는 '어떻게 하면 이 교회를 살릴 수 있을까' 하면서 살 궁리를 하게 되었다.

둘째는 사무엘상 21장에 나오는 다윗의 스토리에 큰 감동과 용기를 얻었다. 다윗이 자신을 죽이고자 하는 사울 왕을 피해 블레셋 땅 가드에 갔는데, 거기서도 죽게 생겼으니까 침을 질질 흘리면서 미친 체를 하였다. 그러자 가드 왕 아기스가 저 미치광이를 쫓아내라고 해서 가까스로 살아남아서 아둘람 굴로 도망을 갔다. 거기서 환난 당한 자들, 빚진 자들, 원통한 자들의 우두머리가 되었다. 나는 다윗이 침 질질 흘리면서 미친 체를 해서라도 살려고 하는 모습을 통해 역시 큰 은혜와 도전을 받았었다. 그래서 나도 살 용기를 내었고, 살 용기를 내니 하나님께서 도우셨고, 하나님께서 도우시니 오늘도 이렇게 시퍼렇게 살아 있게 되었다.

예수님은 사망 권세 이기시고 부활하셨다. 부활하신 예수님은 예수님을 믿는 우리에게 영원한 생명을 주셨다. 예수님은 "나는 부활이요 생명이니 나를 믿는 자는 죽어도 살겠고 무릇 살아서 나를 믿는 자는 영원히 죽지 아니하리니"(요한복음 11:25~26)라고 하셨다. 바울 사도는 "그러나 이 모든 일에 우리를 사랑하시는 이로 말미암아 우리가 넉넉히 이기느니라"(로마서 8:37)고 했다. 요한 사도는 "무릇 하나님께로부터 난 자마다 세상을 이기느니라 세상을 이기는 승리는 이것이니 우리의 믿음이니라"(요한1서 5:4)고 했다.

부활하신 예수님을 믿는 사람은 부활 생명을 지니게 된다. 그 생명을 지닌 자는 설령 이 세상 살면서 피투성이가 되어 콱 죽어 버리고 싶은 욕구가 불쑥불쑥 올라오더라도 예수님의 부활 생명에서 나오는 에너지로 살 용기를 낸다. 사람이 살 용기를 내면, 예수님은 우리를 살게 하신다!

나는 열두 살 때 처음으로 죽는 게 무엇인지도 모르고 막연하게나마 죽고 싶다는 생각을 했었다. 열일곱 살 때는 어렴풋이 죽음이 무엇인지를 알았고 그래서 무서웠지만 두 번째로 죽고 싶다는 생각이 들어 이리저리 죽을 방법을 찾았지만 무서워서 죽지 못했다. 세 번째는 스물두 살 때 실제로 죽을 시도를 하던 찰나에 예수님을 믿게 되었는데, 신앙을 가지니 죽음의 욕구가 사라지고 생명의 욕구가 내 안에서 용솟음쳤다. 예수님을 믿기만 하면 세상이 달라질 줄 알았는데 여전히 고통과 고난이 지속되니 그 현실에서 도망가고 싶었는데 "피투성이라도 살아 있으라"라는 말씀에 살 용기를 냈다. 그리고 지금 이렇게 살아 있다!

3
홀로설 용기

1 그러므로 나의 사랑하고 사모하는 형제들, 나의 기쁨이요 면류관인 사랑하는 자들아 이와 같이 주 안에 서라

빌립보서 4장 1절

그런데 가끔 모두가 잠든 깊은 밤에 정체 모를 우울감이 밀려오면서 낙심과 절망을 느낄 때가 있다. 사람이 한번 우울해지기 시작하면 자칫 자기도 모르게 더 깊은 우울의 늪으로 빠져들 때가 있다. 혼자 우울감에 젖어 나 자신을 연민하기도 하고 나 자신에 대해 낙심하기도 하고 좌절하기도 한다.

그럴 때마다 나는 하나님 말씀 다음으로 내게 영향을 미쳤던 'Let's laugh last'라는 격언을 떠올리면서 이런 생각을 하곤 한다. '그래, 내가 죽을 때 얼굴에 미소를 머금고 죽기를 바라자.'라고. 사람이 죽을 때 오만 인상 다 찡그리고 죽으면 폼이 완전 망가지지 않는가. 홀로서기에 성공하여 죽을 때 미소를 짓고 죽으면, 그 사람이 진짜 최후에 웃는 자이지 않은가! 그런 소망이라도 가져야 하지 않겠는가!

_본문 중에서

영적 공허

오늘이 무슨 날인지 아는가? 어제 죽었던 사람이 그렇게도 살고 싶어 했던 날이다!

내가 신학대학원 다닐 때, 목회학 강의 시간에 교수님께서 학생들에게 '여러분은 교회는 무엇이라고 생각합니까?'라고 질문을 했었다. 신학생들답게 성경 말씀을 근거로 한 신학적인 답이 많이 나왔었다. 그런데 많은 답 중에 가장 많은 공감과 지지를 받은 답이 무엇인가 하면, '교회는 천국잔치집이다.'라는 것이었다.

내가 신학교를 다닐 때가 1990년대 초중반이었는데, 그 당시에 교회의 양적 성장에 대한 후유증들이 서서히 나타나기 시작했었다. 내가 신대원 3학년 재학 시절, 미국의 신학자였던 로버트 H. Weems 목사님이 쓴 「처치 리더십(Church Leadership)」이라는 책을 번역할 기회가 있었는데, 그 책 서문에 이런 문장이 있었다.

"성도들은 축복이 되지 않는 축복 메시지, 치유가 되지 않는 치유 메시지, 은혜가 되지 않는 은혜 메시지에 진력이 나 있다."

한국 교회는 1970~1980년대에 축복성회, 치유성회 등등의 이름을 붙인 집회들이 많은 인기를 얻었었다. 그러나 1990년대로 들어서면서 그런 집회는 서서히 인기가 시들시들해져 가고 있었다. 그렇게 부흥회 열기가 점차 식으면서 제자훈련 열풍, 소그룹 성경 공부 열풍이 불기 시작했다.

그런데 또 어느 시점부터 가톨릭에서는 '냉담자'라는 말이 유행하고, 기독교에서는 '가나안 성도'라는 말이 유행하기 시작했다. 가톨릭에서 사용하는 '냉담자'라는 말은 한때는 성당을 열심히 다녔지만, 지금은 하나님을 믿기는 해도 열정이 식어 성당을 다니지 않는 사람을 가리키는 말이다. '가나안 성도'라는 말은 예전에 교회를 열심히 다녔지만 지금은 교회를 다니지 않는 사람을 가리키는 말이다.

그렇게 가톨릭에서는 냉담자가 많아지고, 기독교에서는 가나안 성도가 많아지는 이유는 무엇일까? 위에 쓴 대로, 축복의 메시지를 들어도 축복이 되지 않고, 치유의 메시지를 들어도 치유가 되지 않고, 은혜의 메시지를 들어도 은혜가 되지 않는 영적 공허 상태가 되었기 때문이 아닌가 싶다.

홀로선 빌립보교회

내가 대학 다닐 적, 서정윤 시인의 〈홀로서기〉라는 시가 큰 인기를 얻었었고, 나 역시 그 시집을 사서 읽으면서 인간은 홀로서기를 해야 한다는 생각을 했었다. 나는 이 홀로서기는 인본주의적 시도가 아니라 도리어 신앙적 시도라고 생각한다.

바울 사도는 이렇게 말했다. "그러므로 나의 사랑하고 사모하는 형제들, 나의 기쁨이요 면류관인 사랑하는 자들아 이와 같이 주 안에 서라"(빌립보서 4:1) 바울 사도는 빌립보교회 성도들을 가리켜 "나의 사랑하고 사모하는 형제들"이라고 하고, "나의 기쁨이요 면류관인 사랑하는 자들"이라고 한다. 빌립보교회 성도들을 향한 바울 사도의 마음은 곧 예수님의 마음이다.

빌립보교회는 바울 사도가 제2차 선교 여행 중 빌립보에 가서 복음을 전하던 중 옷감 장사를 하던 루디아라는 여성이 바울 사도가 전하는 복음을 듣고 은혜를 받아 예수님을 믿게 되었고, 바울 일행과 또 그 지역의 사람들이 복음을 들을 수 있도록 자기의 집을 개방해 주었다. 그게 빌립보교회가 되었고, 빌립보교회는 유럽으로 복음이 전파되는 선교의 전초기지가 되었다.

암튼, 빌립보교회의 출발은 초라했다. 신학박사 목사가 있는 것도 아니고, 소위 영력이 센 목사가 있는 것도 아니고, 그저 루디아를 비롯한 몇 명의 초신자들에 의해 세워진 교회이다. 바울 사도는 빌립보서 1장 5절에서 빌립보교회 성도들이 교회가 세워진 첫날부터 이제까지 복음을 위한 일에 참여하고 있다고 하면서 6절에서는 "너희 안에 착한 일을 시작하신 이가 그리스도 예수의 날까지 이루실 줄을 우리는 확신하노라"고 했다. 마지막 장에 가서는 "나의 사랑하고 사모하는 형제들, 나의 기쁨이요 면류관인 사랑하는 자들"이라고 하였다.

홀로서기

바울 사도는 빌립보교회 성도들에게 이렇게 말했다. “주 안에 서라”(빌립보서 4:1) 나는 이 말씀을 보면서 ‘홀로서기’라는 말을 생각해냈는데, 사람이 이 세상에 태어나서 이룰 가장 위대한 인생 업적은 바로 홀로서는 것이라고 생각한다. 육체적으로도 홀로설 수 있어야 하고, 정신적으로도 홀로설 수 있어야 하고, 영적으로도 홀로설 수 있어야 한다.

요즘 사람들이 팬덤(fandom)이라는 말을 자주 사용한다. 팬덤이라는 말의 뜻은 ‘어떤 대상을 좋아하는 사람들이 모인 집단’이다. 한국교회에서는 어떤 설교가나 부흥 강사를 좋아하는 집단이 있고, 한국정치에서는 어떤 정치인을 좋아하는 집단이 있고, 연예계에는 어떤 연예인을 좋아하는 집단이 있다. 그것을 팬덤이라고 한다.

팬덤 구성원들은 자기들이 좋아하는 그 누군가가 자신들의 욕구를 만족시켜 주면 행복해하면서 자신이 좋아하는 그 누군가를 위해 몸과 마음과 돈과 재능을 바치고, 그렇게 자신이 좋아하는 그 누군가를 위해 아낌없이 주면서 행복해한다. 반면에 그들이 좋아하는 그 누군가의 대척점에 서 있는 사람에게는, 자신과 생각이 다른 사람에게는 적대감을 여과없이 드러낸다. 또 자신이 좋아했던 그 누군가가 자신들의 욕구를 만족시켜 주지 못하거나 기대에 어긋나게 되면, 말이나 행동의 옳고 그름을 떠나 죽일 듯이 달려든다. 실제로 우리는 악플을 견디지 못해 스스로 목숨을 끊는 비극적인 사례들을 종종 접한다.

일반사회를 떠나 신앙세계에 국한해서 생각해 보자. 예수님이 당시 유대 사회에 등장했을 때, 강력한 팬덤이 형성되었다. 예수님을 좋아하고 따랐던 사람들은 예수님이 자기들의 욕구 혹은 욕망을 채워 주기를 바랬다. 그런데 예수님이 자기들의 욕구와 욕망을 채워 주지 않거나 못한다는 것을 안 순간, 그들은 예수님을 부인하거나 십자가에 못 박아 죽이라고 외쳤다. 이런 모습이 예수님 당시나 지금이나 종교 정치 사회 문화에 계속 되풀이되고 있다.

베드로는 예수님을 위해 자기 목숨까지도 바치겠다고 했다. 그런데 정작 베드로는 가장 예수님 편에 서야 했을 그 순간에 예수님을 철저하게 부인을 했다. 그러나 예수님은 자신에게 주어진 사명을 감당하기 위해 홀로설 용기를 내셨기 때문에 베드로의 배신을 바로 눈앞에서 보면서도 묵묵히 십자가 사명을 감당하셨다.

홀로설 용기

내가 교도소라는 인생 막장에서 대학 입학을 위해 영어 공부를 할 때 하나님의 말씀 다음으로 나에게 도전의식을 부추겨 준 격언이 있다. 세 개의 L자로 시작되는 영문 격언이다. 무엇일까? 'Let's laugh Last!' 즉, 최후에 웃는 자가 되자!

그 당시 나는 정말 절박했었다. 육체적으로도 힘들었고, 정신적으로도 힘들었고, 심리적으로도 매우 힘들었다. 그 힘든 상황 속에서 예수님을 믿는 믿음이 유일한 위로였고 힘이었다. 그 와중에 영어 공부를 하면서 'Let's laugh last, 최후에 웃는 자!'가 되자는 격언을 외우면서 그래 내가 그런 사람이 되자고 다짐에 다짐을 하면서 시련과 고난의 세월을 이겨 냈었다.

그 후로 40여 년의 세월이 흐르고 있다. 돌이켜 보면, 정말 매해마다 홀로서기에 성공하여 최후에 웃는 자가 되려는 노력을 한 해도 거르지 않은 것 같다. 그런데 나는 매해마다 내가 세운 목표를 달성하지 못했다. 그래서 매해마다 좌절과 절망을 겪어야 했다.

한번은 외출 중인데 우리 센터에서 전화가 왔다. 하수구가 막혀서 넘친다는 것이다. 직원이 막힌 하수구를 뚫으려고 노력했지만 뚫리지 않는다는 것이다. 그래서 센터로 돌아가서 작업복으로 갈아입고 하수구 뚫기 작업에 들어갔고, 결국 막힌 하수구를 뚫었다. 막혔던 하수구가 뚫리면서 오물이 콸콸 흐르는 것을 보면서 '나도 아직은 쓸모 있는 사람이구나, 내가 남 의존하지 않고 홀로 해낼 수 있는 것이 있구나'라는 생각에서 오는 자기효능감이 주는 희열을 느꼈다.

그런데 가끔 모두가 잠든 깊은 밤에 정체 모를 우울감이 밀려오면서 낙심과 절망을 느낄 때가 있다. 사람이 한번 우울해지기 시작하면 자칫 자기도 모르게 더 깊은 우울의 늪으로 빠져들 때가 있다. 혼자 우울감에 젖어 나 자신을 연민하기도 하고 나 자신에 대해 낙심하기도 하고 좌절하기도 한다.

그럴 때마다 나는 하나님 말씀 다음으로 내게 영향을 미쳤던 'Let's laugh last'라는 격언을 떠올리면서 이런 생각을 하곤 한다. '그래, 내가 죽을 때 얼굴에 미소를 머금고 죽기를 바라자.'라고. 사람이 죽을 때 오만 인상 다 찡그리고 죽으면 폼이 완전 망가지지 않는가. 홀로서기에 성공하여 죽을 때 미소를 짓고 죽으면, 그 사람이 진짜 최후에 웃는 자이지 않은가! 그런 소망이라도 가져야 하지 않겠는가!

나에겐 "주 안에 서라"는 말씀이 너무 큰 도전이 된다. 나는 인생 최고의 과업이 홀로서는 것이라고 생각한다. 그런데 사람이 홀로서는 것은 권력의 힘으로도 재력의 힘으로도 학문의 힘으로도 안 된다. 나는 천성적으로 자립심이 강한 사람이면서 동시에 의존성도 있는 사람이다. 그런 내가 60여 년을 살면서 체득한 것은, 사람은 예수님을 믿는 믿음 안에서만 진정한 홀로서기를 할 수 있다는 것이다. 사람이 살아 있어 이룰 수 있는 최고의 승리는 홀로서는 것이고, 그 승리는 예수님을 믿는 믿음 안에서만 가능한 것이다. 신앙 안에서 홀로설 용기를 내는 사람은 반드시 홀로서기에 성공할 것이다!

4

변할 용기

14 그리스도의 사랑이 우리를 강권하시는도다 우리가 생각하건대 한 사람이 모든 사람을 대신하여 죽었은즉 모든 사람이 죽은 것이라

15 그가 모든 사람을 대신하여 죽으심은 살아 있는 자들로 하여금 다시는 그들 자신을 위하여 살지 않고 오직 그들을 대신하여 죽었다가 다시 살아나신 이를 위하여 살게 하려 함이라

16 그러므로 우리가 이제부터는 어떤 사람도 육신을 따라 알지 아니하노라 비록 우리가 그리스도도 육신을 따라 알았으나 이제부터는 그같이 알지 아니하노라

17 그런즉 누구든지 그리스도 안에 있으면 새로운 피조물이라 이전 것은 지나갔으니 보라 새 것이 되었도다

고린도후서 5장 14~17절

나는 과거엔 못나고 무능하고 불행한 사람의 대명사였다. 그런데 그런 내가 예수 그리스도를 믿었을 때, 성경은 나에게 "누구든지 그리스도 안에 있으면 새로운 피조물이라"(고린도후서 5:17)고 했다. 나는 이 말씀이 너무나 감사했다. 이 말씀은 나로 하여금 정신세계가 변하고 삶이 변할 용기를 내게 해 주었다. 못난 김동문이 아니라 잘나고 멋진 김동문, 무능한 김동문이 아니라 유능한 김동문, 불행한 김동문이 아니라 행복한 김동문이 되려는 용기를 내게 해 주었다. 그렇게 변할 용기를 내니 예수님은 성령으로 내 안에 찾아오셔서 나를 도우셨다. 그 결과로 어제의 김동문보다는 오늘의 김동문은 분명 많이 변했다. 내일의 김동문은 오늘보다 더 변할 것이다.

_본문 중에서

소박한, 그러나 엄청난 변화

아내와 함께 1박 2일 일정으로 소이작도라는 작은 섬에 힐링여행을 다녀왔다. 내가 밥도 했고 설거지도 했다. 그리고 로맨틱한 스페셜 이벤트를 했다. 아무도 없는 소이작도 벌안 해변에서 아내를 위해 클라리넷을 연주해 준 다음, 백사장에 텐트를 치고 아내에게 라면을 끓여 주는 이벤트였다. 그런데 라면을 삶지 못하고 백사장의 모래를 삶아 버렸다. 버너 사용법을 몰라 버너를 뒤집어 놓고 불을 붙이는 바람에 버너를 녹여 버린 것이다. 그래서 백사장에서 라면 끓여 먹는 낭만은 누리지 못했다.

다음 날엔 아내가 바지락을 캐고 싶다고 해서 갯벌에 가서 바지락을 캤는데, 엄청 많이 캤다. 나는 다시 라면 요리를 했다. 직접 캔 바지락을 넣어서 라면을 끓였더니 맛이 아주 좋았다. 그런데 1박 2일 힐링여행을 마치고 배를 타러 선착장에 갔는데, 나이 지긋한 아주머니 한 분이 백발의 나를 머리끝부터 발끝까지 살펴보시더니 나보고 "정말 멋지네요."라고 했다. 이어서 아내도 머리끝에서부터 발끝까지 살펴보시더니 "참 고생하시네요."라고 했다.

인생을 살아올 동안 나는 정말 많이 변했다. 일단 신체적으로는 나이에 걸맞지 않게 검은 머리가 흰머리로 변했다. 어릴 적 나는 내 자신을 '김동문 못났음'이라는 프레임에 가두어 놓고 살았다. 그러다가 예수님을 믿고 나서부터는 '김동문 잘났음'이라는 프레임을 만들어 살아왔다. 그러면서 약하디 약했던 김동문을 강한 김동문이 되게 하고, 불행의 아이콘이었던 김동문을 행복의 아이콘이 되게 한 이는 바로 예수 그리스도라는 것을 세상에 열심히 전하리라 작정했고 헌신했다.

그렇게 살려고 열심히 발버둥을 쳐 왔다. 나에게 있어서 이것은 엄청난 변화이다. 그렇게 내 자신의 생각을 변화시키고 삶을 변화시키는 데는 엄청난 용기를 필요로 했다. 나는 그 용기를 냈다. 그 용기의 원천은 바로 예수 그리스도였다.

새로운 피조물

기독교의 핵심 진리 중의 하나는, 예수님께서 죄인들을 위해 십자가에 달려 죽으셨다는 것을 믿는 사람은 예수님과 함께 죽었다는 것이다. 예수님께서 죽음을 이기시고 부활하셨다는 것을 믿는 사람은 예수님과 함께 살았다는 것이다. 이것을 재해석하면, 예수님을 믿는다는 것은 예수님과 함께 죽을 용기를 내는 것이고 예수님과 함께 살 용기를 내는 것이다. 그리고 우리의 옛 사람이 죽는 것도 예수님을 위한 것이고, 새 사람이 되어 사는 것도 예수님을 위한 것이다. 예수님을 믿는 사람들은 예수님의 십자가 죽으심과 함께 죽은 사람이고, 예수님의 부활과 함께 다시 산 사람이다. 바울 사도는 그런 사람을 가리켜 "새로운 피조물"(고린도후서 5:17)이라고 하였다.

새로운 피조물이 무엇일까? 성형외과에 가서 전신 성형수술을 하여 부모형제뿐만 아니라 자기도 몰라보게 외모가 변한 사람일까, 아니면 내면세계가 변한 사람일까? 사람이 새로운 피조물이 되었다는 것은 두 가지 변화를 포함하고 있다.

첫째, 정신세계가 변한 사람이 되었다는 것을 의미한다. 바울 사도는 예수 그리스도를 믿는 사람은 "살아도 주를 위해 살고 죽어도 주를 위하여 죽는다"고 하면서 "사나 죽으나 우리가 주의 것이로다"라고 했다. 이 말씀의 의미는 사람이 예수 그리스도를 믿게 되면 삶의 목적이 나를 위한 삶이 아니라 예수 그리스도를 위한 삶으로 변한다는 것이다. 세상 살아가는 중에 내가 실패를 해도 실패한 나를 통해 예수가 드러나게 하고, 내가 성공을 해도 성공한 나를 통해 예수가 드러나게 한다는 것이다.

그런 점에서 예수 그리스도를 믿는다고 하는 사람이 자신의 실패와 패배 때문에 '나 못 살아, 못 살아' 하다가 '나 안 살아, 안 살아'라고 하거나, 자신의 성공과 승리에 취해 교만해지고 거만해지고 오만해지면, 그 사람은 믿음이 없거나 부족한 사람인 것이다. 반대로 약한 나를 통해 예수 그리스도의 강하심을 자랑할 수 있고, 무능한 나를 통해 전능하신 예수 그리스도를 자랑할 수 있는 사람, 바로 그렇게 정신세계가 변한 사람이 '새로운 피조물'인 것이다.

둘째, 그렇게 예수 그리스도를 믿는 믿음으로 멘탈이 강해져서 오늘을 이겨 내고 내일을 여는 사람이다. 오늘날 나의 허점과 약점이 드러나는 것 때문에, 오늘 내가 하는 실패 경험 때문에 내일을 열 용기를 내지 못하고 잠수를 타는 사람들이 너무 많다. 그러나 예수 그리스도를 믿기 때문에 멘탈이 강해진 사람은 오늘 나의 허점과 약점과 실패 경험을 도리어 오늘보다 나은 내일을 여는 성장 동력으로 삼을 용기를 내는 사람이다. 나는 그런 사람을 새로운 피조물이라고 해석한다.

예수 그리스도를 믿기에 나의 생각이 변하고 나의 가치관이 변하고 삶의 목적과 목표가 변한 사람, 그래서 사도 바울의 고백처럼 살아도 주를 위해 살고 죽어도 주를 위해 죽는 사람을 가리켜 "새로운 피조물"(고린도후서 5:17)이라고 하는 것이다.

변할 용기

나는 과거엔 못나고 무능하고 불행한 사람의 대명사였다. 그런데 그런 내가 예수 그리스도를 믿었을 때, 성경은 나에게 "누구든지 그리스도 안에 있으면 새로운 피조물이라"(고린도후서 5:17)고 했다. 나는 이 말씀이 너무나 감사했다. 이 말씀은 나로 하여금 정신세계가 변하고 삶이 변할 용기를 내게 해 주었다. 못난 김동문이 아니라 잘나고 멋진 김동문, 무능한 김동문이 아니라 유능한 김동문, 불행한 김동문이 아니라 행복한 김동문이 되려는 용기를 내게 해 주었다. 그렇게 변할 용기를 내니 예수님은 성령으로 내 안에 찾아오셔서 나를 도우셨다. 그 결과로 어제의 김동문보다는 오늘의 김동문은 분명 많이 변했다. 내일의 김동문은 오늘보다 더 변할 것이다.

분명 어떤 사람에게 믿음이 있느냐 없느냐를 판단하는 여러 가지 기준이 있겠지만, 나는 변할 용기를 내느냐 못 내느냐가 믿음이 있고 없고를 판단하는 중요한 기준이 된다고 생각한다. 많은 사람들이 믿음을 '안정을 얻는 것'과 '복을 받는 것'으로 연결 짓는 경우가 많다. 그런데 우리가 이 세상에서 예수 그리스도를 믿는 궁극적인 목적은 삶의 안정을 얻기 위함이 아니라 내 생각과 가치관과 삶의 목적과 목표가 변하여 예수님을 끊임없이 닮아 가는 것이다.

우리가 예수 그리스도를 믿는 데서 나오는 힘으로 변할 용기를 내면 하나님은 우리에게 성령으로 역사하셔서 우리를 변하게 하실 것이다. 나는 이것을 경험한 결과로 어제보다는 오늘이 나은 존재로 살려고 발버둥을 치고 있다. 그런 나는 오늘보다 나은 내일의 나를 만나기 위해 변할 용기를 끊임없이 내려고 한다.

5
자랄 용기

52 예수는 지혜와 키가 자라가며 하나님과 사람에게 더욱 사랑스러워 가시더라

누가복음 2장 52절

'고슴도치도 자기 새끼는 예쁘다고 생각한다.'는 말이 있듯이, 내 딸도 참 예쁘다. 그리고 남이 갖지 못한 재능도 가지고 있다. 그런데 딸은 자신이 못나고 무능하다고 자기 비하를 하면서 많이 아파했었던 때가 있었다. 그러던 딸이 대학을 다니면서 자랄 용기를 내기 시작했다. 지적 성장 과정에서 좌절과 낙심을 할 때도 있었지만 포기하지 않고 자랄 용기를 내더니 인지재구조가 이루어지는 모습을 보여 주었다. 이어서 자기 스스로 성경책을 읽고 기도하는 모습을 보여 주었다. 그렇게 정신적으로나 영적으로 자라 가는 삶이 루틴이 되는 모습을 보여 주었다. 지금은 '자기(self)'를 발견하는 기쁨과 '자기'로 자라는 기쁨을 누리고 있는 것 같다. 자랄 용기를 내는 것, 좋지 아니한가!

_본문 중에서

육체가 자랄 용기

철학에서 인간을 말할 때 '전인(whole being)'이라는 말을 쓴다. 전인으로서 인간은 영적인 존재, 정신적인 존재, 육체적인 존재이다. 이렇게 영혼과 정신과 육체를 한 몸에 지닌 존재를 가진 인간을 가리켜 전인이라고 하는 것이다. 따라서 전인교육이라고 하면, 영혼과 정신과 육체를 건강히 자라게 하는 교육인 것이다.

성경에서는 이 땅에 인간으로 오신 예수님이 하나님의 은혜로 키가 자라고 지혜가 자라고 심령이 강해져서 하나님 보시기에도 사랑스럽고 사람 보기에도 사랑스러워졌다고 했다. 즉 이 땅에 인간으로 오신 예수님은 그렇게 전인적으로 자라 가신 것이다. 따라서 기독교 교육의 목표는 예수님을 믿는 사람이 하나님의 은혜 안에서 영혼과 정신과 육체를 건강히 자라게 하는 것이다.

탈북자들이 우리나라에 와서 가장 먼저 놀라는 게 있다고 한다. 그들이 우리나라로 와서 가장 먼저 군인들이나 국정원 직원들을 만나게 되는데 그 체격이 너무 커서 놀란다고 한다. 북한 남성의 키는 평균 158cm이고, 여성은 153cm라고 한다. 그런데 우리나라 남성 평균신장 173cm이고, 여성의 평균신장은 163cm이다. 남한 사람이나 북한 사람이나 유전적으로 같은 민족인데 왜 그렇게 체격 차이가 많이 날까? 우리나라 사람들은 잘 먹어도 너무 잘 먹고, 북한은 못 먹어도 너무 못 먹어서 그런 것이다.

암튼, 1950년 6.25전쟁 후, 우리나라는 세계 최고로 가난한 나라 중의 하나였는데 이제는 먹을 것이 넘쳐나는 나라가 되어 국민이 못 먹어서 병이 나는 게 아니라 너무 잘 먹어서 병이 나는 나라가 되었다. 그리고 우리나라는 선진국들도 부러워하는 우수한 건강보험제도를 운영하고 있어서 다른 나라에 비해 의료 서비스도 잘 받고 있다. 물론, 지방에는 대학병원이나 종합병원이 절대적으로 부족해서 서울의 큰 병원으로 환자가 몰리는 부작용도 많이 발생하지만, 평균적으로 보면 OECD 국가 국민들보다 우리나라 국민들이 병원을 훨씬 잘 이용할 수 있다고 한다. 내가 말하고 싶은 것은 첫째로 우리는 자신의 몸이 건강해질 용기를 내야 한다는 것이다. 약이나 병원 신세를 지지 않고서도 몸이 건강해질 용기를 내야 한다는 것이다.

나는 2018년 봄부터 꾸준히 걷기와 달리기를 하고 있다. 그 이전에는 걷기는 500m, 달리기는 100m, 팔굽혀펴기는 5회가 한계였다. 지금은 8km도 쉬지 않고 달릴 수 있고, 팔굽혀펴기는 한번에 100회도 할 수 있다. 그렇게 운동을 하기 시작한 이후부터 현재까지 감기몸살 한번 앓지 않고 혈기왕성한 삶을 살고 있다. 그 와중에 내가 깨달은 것은 사람이 자기 스스로 건강성을 증진시킬 용기를 내는 것이 참으로 중요하다는 것이다.

정신적으로 자랄 용기

다음으로, 예수님은 지혜가 자라 갔다고 했다. 나는 이것을 정신건강과 연결시킬 수 있다고 생각한다. 현재 우리나라가 안고 있는 큰 문제 중의 하나가 바로 국민의 정신건강 문제이다. 나라의 지도자들로부터 시작해서 일반 국민에 이르기까지, 어른에서부터 아이들에 이르기까지 정신이 아프고 마음이 아픈 사람들이 많아도 너무 많고, 그로 인해 치러야 하는 개인적 사회적 비용이 너무 크다는 것이다.

오늘날 의사들 중에 가장 인기가 있는 의사 1, 2, 3위가 무엇인지 아는가? '정재영'이라고 한다. 2, 30년 전에는 '정내산' 의사, 10여 년 전에는 '피안성' 의사, 요즘은 '정재영' 의사가 인기라고 한다. '정내산'은 어떤 의사일까? 정형외과 의사, 내과 의사, 산부인과 의사를 말한다. 2, 30년 전에는 그런 의사들이 인기가 있었다고 한다. '피안성'은 어떤 의사일까? 피부과 의사, 안과 의사, 성형외과 의사다. 그 의사들이 돈을 아주 잘 벌었다고 한다. '정재영'은 어떤 의사일까? 정신과 의사, 재활치료과 의사, 영상의학과 의사이다. 현재 우리나라 의료계에서는 '정재영' 의사가 제일 인기가 있다고 한다.

나는 음악치료학 석사과정과 박사과정을 공부했다. 그래서 나는 정신병원이나 암병원에 가서 임상 실습도 하고 프로페셔널 음악치료사로서 정신질환자들뿐만 아니라 다양한 환자 그룹을 위한 음악치료 프로그램도 많이 진행했다. 그때 나는 목사로서 자괴감을 많이 느꼈었다. 왜냐하면, 정신병원에 입원해 있는 환자들 중 많은 환자들이 기독교 신앙을 가지고 있었고, 환자 중에는 목사, 장로, 권사, 집사, 청년도 있었기 때문이다. 교회는 치유 공동체라고도 할 수 있는데 교회에서도 이들이 치유를 받지 못해 결국 정신병원에 입원해 있구나, 교회가 그렇게 세상에서 무기력하게 서 있구나 하는 생각이 들었기 때문이다.

다른 한편으로, '무식하면 담대하다.'는 말도 있듯이 소위 치유의 은사가 있다는 사역자들이 정신적으로 심리적으로 아픈 사람들을 귀신 들렸다고 하면서 영력으로 치유한다고 하는 사역자들이 있다. 그 와중에 아픈 사람들을 더 아프게 하고 있고, 또 그런 사역자들을 쫓아다니는 성도들이 있는 한국 교회 현실이 너무나 서글펐다. 나는 그런 경험을 하면서 목사도 성도도 정신적으로 건강하게 자랄 용기를 내야 한다는 생각을 하게 되었다.

목사가 미치면, 치유 사역자가 미치면, 자기가 다 고칠 수 있다는 자기최면에 걸리기 쉽다. 그러다가 아픈 사람 더 아프게 만들고 자기도 병들기 쉽다. 적어도 자기가 치유의 은사를 받았다고 하는 사람은 자기가 치유할 수 있다고 하는 질병에 대한 공부를 하고 자신이 자랄 용기를 내야 한다. 그래서 이건 내가 기도와 돌봄으로 치유

할 수 있는 사람인지, 해당 전문가에게 맡겨서 치유받게 해야 하는지 분별을 할 수 있어야 한다.

아픈 사람 입장에서는, 많은 경우에 있어서 정신과적 질환이 있는 사람은 자기가 아픈지 안 아픈지 모르거나 자기가 정신적으로 아프다는 것을 인정하지 않으려는 경향이 있다. 상식의 관점에서 누가 이상심리나 이상행동 증상을 보이면, 그 사람으로 하여금 정신과 전문의를 통해 정확한 진단을 받게 한 다음 전문적인 치료를 받게 해야 한다. 그런데 자신의 사고방식과 자기 병리적 생활 스타일 때문에 문제가 발생하는데도 항상 남의 탓을 하거나 항상 부정적이거나 비관적으로 생각하는 사람들이 있다. 그런 사람들은 인지체계 혹은 인지구조에 문제가 있다고 할 수 있다. 그런 사람들은 '나는 정상인데 네가 비정상이야.', '나는 맞는데 네가 틀렸어.' 하는 특징을 보인다.

심리치료 분야에서 제일 힘든 분야는 인지치료이다. 인지치료의 중요 개념들 중에 인지부조화, 인지왜곡, 확증편향, 인지재구조라는 것이 있다. 인지부조화는 나에게 어떤 불행한 상황이 발생했을 때, 그 불행한 상황이 나 때문에 발생한 것인지 저 사람 때문에 발생한 것인지 헷갈린다. 그러면 그 상황을 감내하기가 너무 불편하고 힘이 든다. 나 때문이라고 생각하면 내가 책임져야 하는데, 나는 그 책임을 회피하고 싶다.

그러면 어떻게 해야 하는가? '이게 다 너 때문이야.', '이게 다 사회

환경 때문이야.'라고 하면서 자신이 겪는 불편한 현실을 회피하거나 타인에게로 그 책임을 전가한다. 이것을 인지왜곡이라고 한다. 그렇게 인지가 왜곡되면 확증편향이 생긴다. 그런 다음, 내가 살기 위해서는 나에게 불편과 고통을 안겨 준 대상을 악마화시키고 그 대상을 처벌하는데 집착하게 되는 것이다.

이런 사람이 아픈 사람인가, 아프지 않은 사람인가? 정신이 아픈 사람인 것이다. 그렇게 아픈 사람을 안 아프게 해 주려면 생각을 바꾸어 줘야 한다. 그것을 심리치료학에서는 인지재구조라고 한다. 생각의 체계와 구조를 새로 마련해 주는 것이고, 그걸 인지치료라고 한다. 그런데 사람의 병적인 생각체계를 새롭게 건강한 생각체계로 바꿔 주는 게 어렵다.

하지만 당사자가 정신적으로 자랄 용기를 내면 의외로 쉽다. 예를 들면, 내가 지금 이렇게 육체적으로 정신적으로 심리적으로 영적으로 아파서 미칠 지경이다. 그 이유가 그 인간 그 사회환경 때문인 줄 알았다. 그런데 가만히 생각해 보니 '나의 성격이 유별났구나, 내가 너무 피해의식에 사로잡혀 있었구나.'라는 생각을 하게 된다. 그렇게 생각이 진전된 사람은 자신의 생각을 바꿀 용기를 내게 된다. 이것을 가리켜 인지재구조라 한다. 그렇게 인지재구조가 성공적으로 이루어지면 그 사람은 그 순간부터 지금 여기에서 지옥을 경험하던 사람이 지금 여기에서 천국을 경험하는 삶으로 나아가게 되는 것이다.

나는 나의 행복과 불행은 내가 정신적으로 얼마 만큼 자랐느냐 자라지 못했느냐에 달려 있다고 생각한다. 여기서 우리가 함께 인정해야 하는 것이 있다. 이 세상에서 정신적으로나 심리적으로 아프지 않은 사람이 있을까? 나도 아프고 너도 아프고 이 세상 사람이 다 아프다. 내 생각에 '저 사람만큼은 내 아픔을 받아 줄 만큼 건강할 거야. 그래서 나를 품어 줘야 해.'라고 생각하고 싶겠지만, 정작 그 사람도 내가 아픈 만큼 아프다. 아니, 어쩌면 저 사람은 나보다 더 아플 텐데도 내색하지 않고 자기 삶을 유지하고 있을 수 있다.

나는 이렇게 아파서 흐느적거리는데도 저 사람은 나보다 더 아프면서도 자기의 삶의 자리를 지키고 있을 수 있다. 나는 그런 저 사람을 리스펙(respec)! 그런 나는 저 사람을 더 이상 소비하지 말아야 해. 나도 이젠 나 스스로를 챙기는 것을 넘어 누군가에게 삶의 에너지를 주는 생산적 삶을 살아야 한다! 이렇게 우리는 정신적으로 자랄 용기를 내야 하는 것이다.

영적으로 자랄 용기

다음으로 생각해 볼 것은, 우리는 영적으로 자라야 한다는 것이다. 위에서 인간은 영적인 존재요 정신적인 존재요 육체적인 존재라고 했다. 인간은 영혼과 정신과 육체가 따로국밥처럼 존재하는 것이 아니라 하나로 묶여 있는 전인적인 존재이다. 그렇기 때문에 인간은 육체와 정신과 영혼이 함께 자라야 한다.

나는 목사의 한 사람으로서, 오늘날 목사와 교회가 비판과 비난의 대상으로 전락해 버린 사실이 너무 통탄스럽다. 동시에 나 역시 그 비판과 비난을 가져온 목사 중의 한 사람일 수도 있다는 생각을 하게 된다. 그런데 내가 만났던 많은 사람들은 거의 대부분 영적 갈급함이 있었다. 그런 사람들을 보면서 '목사와 교회에 대한 비판과 비난은 영적 목마름에 대한 역설적 표현에 다름 아니구나.'라는 생각을 하게 된다. 나는 그런 그들의 영적 목마름을 해갈시켜 줄 역량이 부족한 목사라는 사실에 자괴감을 느끼면서 동시에 그들이 자발적으로 영적 성장에로 나올 용기를 내어 예수 그리스도에게로 나오면 좋겠다는 생각을 하게 된다.

'고슴도치도 자기 새끼는 예쁘다고 생각한다.'는 말이 있듯이, 내 딸도 참 예쁘다. 그리고 남이 갖지 못한 재능도 가지고 있다. 그런데 딸은 자신이 못나고 무능하다고 자기 비하를 하면서 많이 아파했었던 때가 있었다. 그러던 딸이 대학을 다니면서 자랄 용기를 내기 시작했다. 지적 성장 과정에서 좌절과 낙심을 할 때도 있었지만 포기하지 않고 자랄 용기를 내더니 인지재구조가 이루어지는 모습을 보여 주었다. 이어서 자기 스스로 성경책을 읽고 기도하는 모습을 보여 주었다. 그렇게 정신적으로나 영적으로 자라 가는 삶이 루틴이 되는 모습을 보여 주었다. 지금은 '자기(self)'를 발견하는 기쁨과 '자기'로 자라는 기쁨을 누리고 있는 것 같다. 자랄 용기를 내는 것, 좋지 아니한가!

6

나를 표현할 용기

8 그러나 나의 종 너 이스라엘아 내가 택한 야곱아 나의 벗 아브라함의 자손아

9 내가 땅 끝에서부터 너를 붙들며 땅 모퉁이에서부터 너를 부르고 네게 이르기를 너는 나의 종이라 내가 너를 택하고 싫어하여 버리지 아니하였다 하였노라

10 두려워하지 말라 내가 너와 함께 함이라 놀라지 말라 나는 네 하나님이 됨이라 내가 너를 굳세게 하리라 참으로 너를 도와 주리라 참으로 나의 의로운 오른손으로 너를 붙들리라

이사야 41장 8~10절

나는 예수님을 믿기 전에는 사람들 앞에서 당당하게 나를 표현하지 못했다. 그게 나를 너무 힘들게 하고 아프게 했다. 그것은 나를 건강하지 못한 방법으로 불행한 방법으로 나를 표현하게 했다. 그것 때문에 치러야 할 대가가 너무 컸었다. 그러나 예수님을 믿은 이후부터 나는 하나님의 아들이라는 자존감과 하나님의 일꾼이라는 자기효능감이 생겨 실수할 각오를 하고 비판과 비난을 받을 각오를 하고 다양한 방법으로 나를 표현할 용기를 내왔다. 나의 표현이 그저 인간 김동문의 생존에 대한 발악이 아니라 예수님의 구원과 성도의 삶과 하나님 나라 실현에 대한 메시지가 되게 하려고 노력해 왔다. 그 와중에 나는 자긍심을 느끼고 있다. 그래서 나는 행복하다.

_본문 중에서

자존감과 자기효능감

내가 나 자신을 생각할 때, 예수님을 믿기 전의 나와 예수님을 믿은 후의 나를 분석해 보면, 뚜렷한 내면의 변화가 있었다. 나는 예수님을 믿기 전에 자존감과 자기효능감이 너무 바닥이어서 나를 잘 표현하지 못하는 삶을 살았었다. 나를 표현하고 싶은 욕구가 엄청 컸었는데도 나는 나를 표현하면 안 되는 존재로 나 스스로를 규정했었다. 그런 나는 항상 행복보다는 불행을 느꼈었고, 사는 재미가 없었다.

예수님을 믿고 난 후, 나는 성경 말씀을 통해 내가 하나님의 아들이 되었고, 하나님이 나를 부르시고 나를 쓰신다는 믿음이 생기면서 자존감과 효능감이 올라갔었다. 이어서 자긍심이 생기면서 세상 살 만하다는 생각이 들었다. 물론 여러 가지 어려움 때문에 속도 상하고 육체적으로 많이 힘든 순간들도 엄청 많았다.

그럼에도 불구하고 어려움을 헤쳐 나올 수 있었던 것은 다른 게 아니었다. 내가 하나님의 아들이라는 데서 오는 자존감, 하나님께서 허물 많고 흠 많은 나를 들어 사용하신다는 데서 오는 자기효능감이 생겼기 때문이다. 그래서 하나님께서 내 안에 불어넣어 주신 각종 재능을 개발하고 활용하면서 나를 적극적으로 표현하기 위해 노력했다. 그러다 보니 자긍심이 생기면서 삶에 에너지가 솟고 활력이 넘치게 되었다.

자기표현

나는 설교를 할 때나 강의를 할 때, 내가 표현할 수 있는 방법을 최대한 끌어내어 사용하고 있다. 그런데 목사에 대한 교계와 일반 사회의 전통적인 시각에서 볼 때 일반적이지 않은 표현 방법을 많이 쓴다. 그런 나를 긍정적으로 보는 사람들은 나를 개척자 혹은 선구자 정신을 가진 사람으로 평가를 하고, 부정적으로 보는 사람들은 나를 세속적 혹은 인본주의적이라는 평가를 하기도 한다. 암튼 나는 설교 사역을 하든지 사회복지 사역을 하든지 문화예술 사역을 하든지 하나님께서 내게 주신 재능을 최대한 활용하여 나를 적극적으로 표현하고 있다. 또한 나는 다양한 방법으로 나를 표현하는 것을 많이 즐기고 있다.

그런데 그 표현 속에 담아내는 콘텐츠에는 일관성이 있게 하려고 노력한다. 무엇보다 나는 목사가 나의 제1정체성이기에 내가 구사하는 다양한 표현 속에 구원의 메시지와 세상 속에 살아가는 성도의 삶에 대한 메시지와 하나님 나라 메시지를 담아내려고 발버둥을 친다. 예배 시간에 성도들에게 하는 설교뿐만 아니라 사회복지 사역에도, 음악치료 및 버스킹을 비롯한 이런저런 문화 활동에, 정치참여

활동에도, 하물며 시니어 모델 활동에도 나의 모든 표현 속에 구원과 신앙인의 삶과 하나님 나라 메시지를 담아내려고 발버둥친다.

난 시니어 모델로서 다양한 패션쇼에 참석을 할 기회가 있었는데, 시니어 모델 대부분 나이가 50대 이상으로서, 그들 중에는 손자와 손녀를 둔 장로, 권사, 집사도 있다. 그런데 그동안 내가 만났던 많은 시니어 모델 중 목사는 없었다. 암튼, 나는 교회 안과 교회 밖의 모든 삶 속에서 나를 표현하는 것 속에 예수님의 구원과 성도의 삶과 하나님 나라에 대한 메시지를 담아내려고 노력한다.

그런데 예수님도 이 땅에 오셔서 구원 사역을 하시면서 예수님 스타일로 표현하셨고, 그 표현을 이해하지 못한 사람들도 많이 있었다. 사람들이 이해하지 못했기에 오해를 하였고, 오해는 예수님에 대한 미움과 증오를 낳았고, 미움과 증오는 예수님을 십자가에 못 박는 결과로 나타났다.

나는 우리 교회 성도들이 내가 다양한 표현 방법을 통해 전하는 메시지를 귀담아 듣고 은혜를 받아 주는 것이 너무 감사하다. 나는 비록 설교할 때 죽 쑤는 것이 전문이지만 남의 것을 베껴서 하지는 않는다. 반면에 개성이 강하고 다양한 각도와 다양한 방식으로 메시지를 표현하면서 내용에 진정성을 담아내려고 노력을 한다. 성도들 입장에선 충분한 이해와 납득이 되지 않을 때도 없지 않아 있을 것이다. 그럼에도 불구하고 귀담아 들어주고 은혜를 받아 주는 것이 너무 감사하다.

나를 표현할 용기

사람이 언제 행복을 느낄까? 이 세상에 고통과 고난이 없는 인생을 사는 사람은 아무도 없다. 인간은 고통 속에서 태어나고 고통 속에 살다가 고통을 겪으며 죽는다. 그게 인간의 운명이라고 했다. 독일 철학자 니체(Friedrich Nietzsche)는 그 '고난의 운명을 사랑한다.'고 했다. 나는 고난의 운명을 사랑하는 것이 기독교 정신이라고 생각하고, 신앙은 고통과 고난을 없애 주는 힘이 아니라 고통과 고난을 이기게 해 주는 힘이라고 생각한다.

인간은 고통과 고난의 연속 가운데 살면서도 행복을 누릴 수 있다. 인간은 자기를 건강하게 충분히 표현할 수 있을 때, 고통과 고난 중에서도 행복을 누릴 수 있다. 나를 건강하게 충분히 표현하는 그 자체가 나를 행복하게 할 수 있을 뿐만 아니라, 내가 가지고 있는 삶의 문제가 해결되는 행복을 누릴 수도 있다. 나를 표현하는 방법에는 두 가지가 있다. 나와 너와 우리를 불행하게 하는 표현이 있고, 나와 너와 우리를 행복하게 하는 표현이 있다. 그러면 우리 모두를 행복하게 하는 표현은 어떻게 해야 하는 것일까?

하나님은 우리에게 이렇게 말씀하셨다. "나의 종 너 이스라엘아 내가 택한 야곱아 나의 벗 아브라함의 자손아"(이사야 41:8) 거두절미하고, 하나님께서 나를 아들로 딸로 불러 주셨다. 그래서 우리는 이 세상에서 귀하디 귀한 존재가 되었다.

인간에게 있어서 가장 치명적으로 불행한 경험이 무엇일까? 사랑받고 돌봄을 받아야 될 대상으로부터 버림을 당하거나 학대를 당하는 경험이다. 그런 경험은 자존감이 바닥을 치게 하는 경험이고, 그런 경험은 나를 불행하게 하는 것을 넘어 너를 불행하게 하고 우리 모두를 불행하게 하는 경험일 수도 있다. 왜 그럴까? 그런 사람은 자기를 표현할 때, 병적이고 파괴적으로 표현하기 쉽기 때문이다.

반면에, 인간에게 있어서 가장 행복한 경험은 비록 지지리 못난 존재로 태어났을지라도 가족이나 주변 사람들로부터 사랑받고 돌봄을 받는 경험이다. 그런 경험은 나를 행복하게 너를 행복하게 하고 우리 모두를 행복하게 할 수 있는 경험이다. 왜 그런가? 그런 사람은 자기를 표현할 때, 건강하고 건설적으로 하는 법을 알기 때문이다.

하나님은 나를 아들로 혹은 딸로 택하시고 붙드셨다고 했다. 이것은 그만큼 내가 귀하디 귀한 존재가 되었다는 것을 의미한다. 이것을 가슴으로 받는 사람은 그때부터 완전히 자존감이 사는 것이다. 그렇게 나의 자존감을 세워 주신 하나님이 그다음에 뭐라고 하셨는가? 나를 택하신 하나님께서 붙들어 주실 뿐만 아니라 '불러 주셨다'고 하셨다. 하나님 나라 실현을 위한 일꾼으로 불러 주셨다고 하셨다.

사람이 스스로 쓸모없다는 생각이 들고, 또 세상도 나를 쓸모없다고 쳐다보지도 않고 불러 주지도 않으면 어떻게 되는가? 자기효능감이 곤두박질치게 된다. 자기효능감이 떨어지면 세상 살맛이 안 난다. 그래서 이런저런 심리적 정신적 병리현상이 나타나고, 그래서 자기표현을 부정적으로 하게 된다. 그러나 창조주이시며 전능하신 하나님께서 '무슨 소리, 나는 네가 필요해!' 하시면서 불러 주셨다는 것을 받아들이면 자기효능감이 마구 분출되면서 자기 인생을 바치게 되는 것이다. 나는 그런 사람 중의 한 사람이다.

하나님의 은혜로 자존감과 자기효능감을 경험한 사람에게는 다음의 말씀이 주어진다. "두려워하지 말라 내가 너와 함께 함이라 놀라지 말라 나는 네 하나님이 됨이라 내가 너를 굳세게 하리라 참으로 너를 도와 주리라 참으로 나의 의로운 오른손으로 너를 붙들리라"(이사야 41:10)

이 말씀이 가슴에 꽂힌 사람에게는 어떤 현상이 나타나는가? 세상에 무서울 것이 없는 사람이 된다. 무슨 미션이 주어지면, 엄연히 실력과 능력이 부족한데도 '네, 할게요. 저 할 수 있어요.' 하면서 달려든다. 물론 실수도 할 수 있고, 시행착오를 할 수도 있고, 그 와중에 욕도 먹을 수 있다. 그래서 밤늦게까지 속상해하고 울면서 '이거 계속해? 말아?' 하다가도 날이 밝으면 또 한다. 그렇게 한 해 두 해 흐르면서 성장하고 성숙해지는 자신을 발견하게 된다. 그 사람은 그렇게 자신의 모습을 보면서 자긍심을 느낀다.

철학가인 스피노자(Baruch de Spinoza)는 자긍심을 이렇게 정의했다. '인간이 자기 자신과 자기의 활동 능력을 확인하는 데서 생기는 기쁨이다.'

무슨 말인가 하면, 사람이 자존감도 바닥이고 자기효능감도 바닥이라서 밤이 깊도록 고민하면서 '내가 이 세상에서 사라져야 하나, 이대로 못난이로 살아야 하나!' 그러면서 자기연민에 빠져 흑흑흑 하고 허구한 날 울면서 살 수 있다. 그러나 하나님의 은혜로 자신이 하나님의 자녀가 되었고 하나님의 일꾼으로 부르셨다는 것을 받아들이는 순간, 새로운 세상이 열리는 감동을 느끼면서 감격하게 된다. 그러면서 하나님의 사람으로 살려고 발버둥을 친다. 하지만 실수도 많이 하고 시행착오도 많이 한다. 그래서 낙심도 많이 하고 좌절도 많이 한다. 그런데 어느 날 돌아보니 어제보다 오늘 성장하고 성숙해진 나를 발견하게 된다. 이때 느끼는 감정이 바로 자긍심인 것이다. 내가 나에 대한 자긍심을 느끼는 순간 오늘 살아 있는 자로서 행복을 느끼는 것이다.

나는 정말 건강한 믿음을 가진 사람은 내가 하나님의 자녀라는 존재론적 확신에서 오는 자존감과 하나님께서 나를 하나님 나라 실현을 위한 일꾼으로 부르심을 받은 존재라는 데서 오는 자기효능감을 가지고 나를 살리고 너를 살리고 우리를 살리는 건강한 자기표현을 할 수 있어야 한다고 생각한다.

표현하는 용기가 주는 행복

나는 예수님을 믿기 전에는 사람들 앞에서 당당하게 나를 표현하지 못했다. 그게 나를 너무 힘들게 하고 아프게 했다. 그것은 나를 건강하지 못한 방법으로 불행한 방법으로 나를 표현하게 했다. 그것 때문에 치러야 할 대가가 너무 컸었다. 그러나 예수님을 믿은 이후부터 나는 하나님의 아들이라는 자존감과 하나님의 일꾼이라는 자기효능감이 생겨 실수할 각오를 하고 비판과 비난을 받을 각오를 하고 다양한 방법으로 나를 표현할 용기를 내왔다. 나의 표현이 그저 인간 김동문의 생존에 대한 발악이 아니라 예수님의 구원과 성도의 삶과 하나님 나라 실현에 대한 메시지가 되게 하려고 노력해 왔다. 그 와중에 나는 자긍심을 느끼고 있다. 그래서 나는 행복하다.

한때는 내가 나를 표현하면 인생에 손해를 볼 줄 알았고, 내 인생에 불행해질 줄 알았다. 그런데 하나님 믿고 당당하게 나를 표현해도 손해를 보는 게 없었다. 오히려 인생이 행복해졌다. 그런 경험이 있기에 나는 말한다. 하나님 백 믿고 나를 표현할 용기를 내라!

7
나를 사랑할 용기

16 하나님이 우리를 사랑하시는 사랑을 우리가 알고 믿었노니 하나님은 사랑이시라 사랑 안에 거하는 자는 하나님 안에 거하고 하나님도 그의 안에 거하시느니라

17 이로써 사랑이 우리에게 온전히 이루어진 것은 우리로 심판 날에 담대함을 가지게 하려 함이니 주께서 그러하심과 같이 우리도 이 세상에서 그러하니라

18 사랑 안에 두려움이 없고 온전한 사랑이 두려움을 내쫓나니 두려움에는 형벌이 있음이라 두려워하는 자는 사랑 안에서 온전히 이루지 못하였느니라

요한1서 4장 16~18절

신앙인은 창조주 하나님을 믿고, 구원자 예수님을 믿고 도우시는 성령님을 믿는다. 그 믿음 때문에 신앙인은 구원받는다. 그런데 이 세상에서 우리의 하루하루는 너무너무 힘에 겹다. 게다가 자꾸 다른 사람을 사랑하라고 하고 희생하라고 하고 헌신하라고 하니까 사는 게 사는 게 아니고 죽을 맛이다. 그래도 순종해야지 하면서 순종하다가 결국 내 마음도 다치고 내 몸도 다친 사람들이 한 둘이 아니다.

이제 나는 이런 생각을 한다. 바울 사도는 "소망이 우리를 부끄럽게 하지 아니함은 우리에게 주신 성령으로 말미암아 하나님의 사랑이 우리 마음에 부은 바 됨이니"(로마서 5:5)라고 했다. 내가 앞에서 사랑은 명사가 아니라 동사라고 했고, 하나님은 우리를 향한 사랑을 능력의 활동으로 나타내 보이셨다고 했다. 이제 우리는 그 하나님의 사랑에 힘입어 내가 나를 사랑하는 용기를 낼 수 있어야 한다.

_본문 중에서

BTS의 노래, Answer : Love my self

예수님을 사랑하는가? 가족을 사랑하는가? 자기 자신을 사랑하는가? BTS의 노래 중에 〈Answer : Love my self〉라는 노래가 있다. 번역하면 '정답은 나를 사랑하는 거야'이다. 그 노래 가사 앞부분은 이렇다.

> 눈을 뜬다 어둠 속 나 심장이 뛰는 소리 낯설 때
> 마주 본다 거울 속 너 겁먹은 눈빛 해묵은 질문
> 어쩌면 누군가를 사랑하는 것보다 더 어려운 게
> 나 자신을 사랑하는 거야

2018년에 방탄소년단 리더인 RM이 유엔에서 연설을 했는데, 세계 각국의 정상들이 모여 있는 그 어마어마한 자리에서 RM은 '저는 제 자신을 사랑합니다.'라고 하면서 세계 각국 정상들에게 '여러분 자신을 사랑하십시오.'라고 했다. 그러면서 자신들의 노래인 〈Answer : Love my self〉를 들은 세계 각국의 많은 팬들이 그 노래 때문에 자신을 사랑하게 되었다고 하는 고백의 메지지를 보내왔다고 했다.

내가 기억하기론, 나는 1990년 1월 첫째 주부터 설교를 시작했는데, 벌써 36년째 설교를 하고 있다. 그런데 나는 35년 동안 설교를 하면서 한 번도 대놓고 '나를 사랑하라.'는 설교를 해 본 적이 없다. '예수님을 사랑하세요.', '이웃을 사랑하세요.' 등등의 설교는 수도 없이 했지만 '나를 사랑하라.'는 설교는 단 한 번도 한 적이 없다. 그런데 이제 나는 BTS와 마찬가지로 '나를 사랑할 용기'에 대해 말하고 있다.

하나님은 사랑이시라!

"하나님이 우리를 사랑하시는 사랑을 우리가 알고 믿었노니 하나님은 사랑이시라 사랑 안에 거하는 자는 하나님 안에 거하고 하나님도 그의 안에 거하시느니라"(요한1서 4:16)

'하나님은 사랑이시라', 참으로 은혜로운 말씀이다. 나는 '하나님은 사랑이시라'는 말씀과 '하나님이 우리를 사랑하시는 사랑'이라는 말씀이 마음에 깊이 와닿았다. '하나님이 우리를 사랑하시는 사랑'이라는 말씀을 곰곰이 묵상하던 중에 에리히 프롬(Erich Seligmann Fromm)이라는 철학자가 「사랑의 기술」이라는 책에서 사랑에 대해 정의를 내려놓은 것이 생각났다. '사랑은 대상이 아니라 사랑할 줄 아는 능력이다.'라는 것이다. 그리고 사랑할 줄 아는 능력은 자기 자신뿐만 아니라 자기와 같이 살아가는 모든 사람에 대하여 보호하는 활동이며, 책임을 지는 활동이며, 존중하는 활동이며, 그런 활동을 잘할 수 있는 지식 혹은 기술을 배우는 활동이라는 것이다.

사랑이신 하나님은 우리를 사랑하시는 사랑을 어떻게 나타내셨는가? 우리를 위해 독생자 예수 그리스도를 내어 주시는 활동으로 나타내셨고, 우리를 보호해 주시는 활동으로, 우리가 구원을 얻기까지 책임져 주시는 활동으로, 또 우리 한 사람 한 사람을 소중하게 여겨 주시는 활동으로 나타내셨다. 그런 점에서 우리는 믿음이라는 단어도 명사가 아니라 동사로 이해해야 하고, 사랑이라는 단어도 명사가 아니라 동사로 이해해야 하는 것이다.

"사랑 안에 두려움이 없고 온전한 사랑이 두려움을 내쫓나니 두려움에는 형벌이 있음이라 두려워하는 자는 사랑 안에서 온전히 이루지 못하였느니라"(요한1서 4:18)

나는 위에서 에리히 프롬의 말을 빌려 사랑은 대상이 아니라 '사랑할 줄 아는 능력'이라고 했다. 그리고 사랑이신 하나님은 그 사랑하는 능력을 우리를 보호하시고 우리를 책임져 주시고 우리를 소중히 여겨 주시는 활동으로 나타내 보이셨다고 했다. 하나님의 그 사랑이 바로 온전한 사랑인 것이다.

아가서 8장 6절에서는 "사랑은 죽음처럼 강하다" 했는데, 이 세상에 죽음의 힘을 이기는 사람은 아무도 없다. 그 어떤 사람도 이길 수 없는 것이 죽음의 힘이다. '사랑은 죽음처럼 강하다'는 말씀은 사랑이 지닌 힘은 죽음이 지닌 힘처럼 강하다는 것이다. 하나님의 사랑은 죽을 목숨도 살리시고 죽었던 목숨도 다시 살리시는 힘이 있는 것이다. 그래서 예수님은 요한복음 15장 9절에서 "아버지께서 나를 사랑하신 것 같이 나도 너희를 사랑하였으니 나의 사랑 안에 거하라"고 하신 것이다.

사랑할 용기

우리가 그 사랑 안에 거하는 한, 우리는 우리의 오늘과 내일에 대한 불안과 두려움을 물리칠 수가 있다. 따라서 우리 모두는 어떤 어려움과 고난이 닥치더라도 하나님의 사랑 안에 거해야 한다. 그런 우리는 이제 나를 사랑할 용기를 내야 한다.

전통적인 신앙관을 가진 사람은 목사가 대놓고 '나를 사랑할 용기를 내라.'고 하면 '아니 목사가 저런 이기적인 설교를 하다니….' 하면서 나를 비판할 수도 있을 것이다. 그런데 가만히 보면 자기를 사랑하지 못하는 사람이 다른 사람을 사랑한다고 열심을 내다 보면, 그 사랑이 도리어 자신도 힘들게 하고 자기가 사랑하는 그 사람도 힘들게 하는 경우가 많이 있다. '내가 이렇게까지 나를 희생시키면서 널 사랑하는데 너는 어떻게 그럴 수 있어?' 이렇게 되면 어떻게 될까? 그 사랑은 나와 너를 행복하게 하는 것이 아니라 나와 너를 불행하게 하는 사랑이 되는 것이다.

나는 이렇게 생각한다. '내가 너를 얼마나 사랑했는데, 네가 그럴 수 있어?'라고 하면서 상처받고, 상처받은 자기 때문에 자기가 사랑한 사람도 상처받게 하는 사람, 그 사람은 사랑을 잘못한 것이라고.

방탄소년단 리더인 RM이 유엔에서 연설할 때가 스물네 살이었는데, 그가 이런 말을 했다. 자신은 실수투성이였던 과거의 자신도 사랑하고, 과거보단 현재는 좀 더 성숙했지만 그래도 여전히 실수하는 현재의 자신도 사랑하고, 현재보다 좀 더 성숙해질 미래의 자신도 사랑할 거라고 하면서 세계 각국 정상들에게도 자신을 사랑하자고 했다.

그런 방탄소년단은 〈Answer : Love my self〉라는 노래를 부르면서 전 세계 사람들을 상대로 '나를 사랑하기' 캠페인을 한다고 했다. 방탄소년단이 그 노래를 부르니까 수많은 팬들이 자신을 사랑하는 데서 오는 행복을 누리고 있다고 했다. 방탄소년단은 자신을 사랑하는 네 가지 방법이 있다고 했다. 첫째는 남과 비교하지 않기, 둘째는 자기 자신이 하고 싶은 일을 하면서 '나만의 것' 찾아가기, 셋째는 스스로에게 잘하고 있다고, 사랑한다고 말하기, 넷째는 '책을 읽으며 나 자신 발견하기'라고 했다.

예레미야 선지자는 "내가 영원한 사랑으로 너를 사랑하기에 인자함으로 너를 이끌었다"(예레미야서 31:3)라고 하였다. 예수님은 "너는 내 사랑하는 아들이라 내가 너를 기뻐하노라 하시니라"(마가복음 1:11)고 하였다. 요한 사도는 "사랑하는 자여 네 영혼이 잘됨 같이 네가 범사에 잘되고 강건하기를 내가 간구하노라"(요한3서 1:2)고 했다.

하나님이 어디 우리가 잘나서 사랑해 주시는가? 하나님이 어디 우리가 완벽해서 사랑해 주시는가? 바울 사도는 "의인은 없나니 하나도 없다"(로마서 3:10)고 했다. 또 "우리가 아직 죄인 되었을 때에 그리스도께서 우리를 위하여 죽으심으로 하나님께서 우리에 대한 자기의 사랑을 확증하셨느니라"(로마서 5:8)고 했다. 하나님이 부족하고 흠이 많고 허물이 많은 우리를 사랑하신 것이다. 하나님이 그렇게 우리를 사랑하시는데, 내가 나를 사랑하는 건 당연한 것이 아닌가?

나를 사랑할 용기

내 인생에서 가장 힘들었던 순간은 내가 사랑을 받지 못한 인생이었다는 생각을 하게 되었을 때였다. 그다음에 힘들었던 것은 다른 사람으로부터 사랑을 받기 위해 나를 희생하는 삶을 살아야 한다는 강박증이 생겼을 때였다. 또 나를 힘들게 하는 것이 있었다. 내가 다른 사람을 사랑할 능력이 많이 부족하다고 생각할 때였다. 그러다가 하나님의 은혜로 '그것도 병이다.'라는 생각을 하게 되었다. '세상이 나를 아프게 하는 것이 아니라 내가 나를 아프게 하고 있구나.' 하는 생각이 들었다.

그런 생각을 할 즈음, 하나님께서 내게 용기를 주셨다. 무슨 용기일까? 나를 사랑할 용기를 주셨다. 그 용기가 생기고 나서 내가 나에게 선언을 했다. '나는 남보다 2%만 착하게 살 거야. 내 에너지의 51%는 남을 위해 사는데 쓰고 나머지 49%의 에너지는 내가 나를 사랑하는데 쓸 거야.' 그렇게 작정을 했다. 내가 그런 용기를 낼 수 있었던 것은 순전히 하나님 때문이다. 하나님이 나를 너무 사랑하신다는 것을 깨달았다.

하나님이 나를 너무 사랑해 주셔서 나를 구원해 주시려고 독생자 예수님도 이 땅에 보내 주시고, 나의 죄를 사해 주시기 위해 십자가에 못 박혀 죽으셨다. 죽으신 지 사흘 만에 부활하셔서 영원한 구원도 이루어 주셨다. 그 하나님은 지금도 성령으로 역사하셔서 태생적으로 비천했고 환경적으로 불우했던 나를 선택하셔서 결혼도 하게 하시고, 두 자녀의 아빠가 되게 하셨다. 목사도 되게 하시고, 사회복지사도 되게 하시고, 음악치료사도 되게 하시고, 작가도 되게 하시고, 시니어 모델도 되게 하셨다. 그런 나 자신을 보면서 하나님이 이렇게도 나를 사랑하시는데 나도 나를 사랑해야겠다는 생각이 들었다.

어느 날 아침에 일어나서 세수하러 욕실에 들어갔다가 거울을 보고 깜짝 놀랐다. 거울 속에 웬 머리가 하얀 노인이 있는 것이다. 가만히 보니까 나였다. 머리털은 온통 하얗고, 이마에는 주름살 세 개가 깊게 패여 있었다. 이렇게 봐도 저렇게 봐도 늙어 가는 남자였다. 그게 나였다. 그런데 그때 무슨 생각이 들었는가 하면, 거울 속에 비친 내 모습을 보고 우울해지기보다는 '허당, 이 머리가 어디 그냥 세었겠니? 이마에 주름이 그냥 파였겠니? 열심히 살았으니 그렇게 된 거지. 허당 수고 많았다. 눈 밑 지방 빼줄까? 이마에 보톡스 맞아 줄까?' 그러면서 내가 나를 위해 노래를 불러 주었다. "난 너를 사랑해. 이 세상은 너 뿐이야….", "누가 뭐래도 김동문 꽃보다 아름다워…."

신앙인은 창조주 하나님을 믿고, 구원자 예수님을 믿고 도우시는 성령님을 믿는다. 그 믿음 때문에 신앙인은 구원받는다. 그런데 이 세상에서 우리의 하루하루는 너무너무 힘에 겹다. 게다가 자꾸 다른 사람을 사랑하라고 하고 희생하라고 하고 헌신하라고 하니까 사는 게 사는 게 아니고 죽을 맛이다. 그래도 순종해야지 하면서 순종하다가 결국 내 마음도 다치고 내 몸도 다친 사람들이 한 둘이 아니다.

이제 나는 이런 생각을 한다. 바울 사도는 "소망이 우리를 부끄럽게 하지 아니함은 우리에게 주신 성령으로 말미암아 하나님의 사랑이 우리 마음에 부은 바 됨이니"(로마서 5:5)라고 했다. 내가 앞에서 사랑은 명사가 아니라 동사라고 했고, 하나님은 우리를 향한 사랑을 능력의 활동으로 나타내 보이셨다고 했다. 이제 우리는 그 하나님의 사랑에 힘입어 내가 나를 사랑하는 용기를 낼 수 있어야 한다.

왜 나를 사랑할 용기를 내야 하는가? 하나님의 사랑에 힘입어 내가 나를 사랑할 용기를 낼 때, 내가 어떤 경우에도 하나님 사랑 안에 거할 수 있기 때문이다. 그리고 하나님 사랑으로 내가 나를 사랑할 수 있을 때, 나의 사랑은 나를 살리고 내가 사랑하는 사람도 살릴 수 있게 되기 때문이다.

8

행복을 추구할 용기

1 할렐루야 내 영혼아 여호와를 찬양하라

2 나의 생전에 여호와를 찬양하며 나의 평생에 내 하나님을 찬송하리로다

3 귀인들을 의지하지 말며 도울 힘이 없는 인생도 의지하지 말지니

4 그의 호흡이 끊어지면 흙으로 돌아가서 그 날에 그의 생각이 소멸하리로다

5 야곱의 하나님을 자기의 도움으로 삼으며 여호와 자기 하나님에게 자기의 소망을 두는 자는 복이 있도다

시편 146편 1~5절

행복을 추구하는 용기를 냈다. 비바람이 불었고, 눈보라가 몰아쳤다. 그 와중에 머리가 다 세었다. 그런데 참 이상하다. 몸이 피곤에 절어도 영혼이 너무 자유롭다. 깊은 밤에도 잠들지 못하며 고민하는 나를 보면서 살아 있음에 행복하고, 하루하루 실패와 성공과 상관없이 영적으로나 정신적으로 의미가 있는 삶이 되고자 몸부림칠 수 있는 그 자체가 행복하다는 생각이 든다.

내가 예수 그리스도를 믿어 내 운명을 사랑하고 이렇게 행복을 추구할 용기를 냈기에 고통을 겪으며 고뇌할 수 있다는 그 자체가 참 감사하다. 그렇게 예수 그리스도를 믿는 믿음 안에서 행복을 추구하다가 어느 날 생의 마지막 날을 맞이하게 되는 그 순간이 나에겐 내 인생의 행복의 정점일 것 같다!

_본문 중에서

행복한 사람

하나님은 인간을 창조하신 후에 이 세상 만물을 지키고 가꾸고 누릴 복을 주셨다. 이 말은 인간이 세상을 향해 '금 나와라 와라 뚝딱' 하면 금 나오고, '은 나와라 와라 뚝딱' 하면 은이 나온다는 말이 아니다. 세상 만물의 주인이 되어 만물을 지키고 가꾸는 수고를 해야 한다는 것이다. 따라서, 복은 수고의 대가로 얻고 누리는 것이다.

이걸 다른 말로 표현하면 행복추구권이다. 모든 인간에게 있는 세 가지 기본권은 존엄권, 행복추구권, 평등권이다. 이 세 가지 권리는 사람이 만든 것이 아니라 성경에서 나온 것이다. 참으로 좋은 나라는 국민에게 이 세 가지 권리를 보장해 주는 나라이며, 참으로 좋은 지도자는 국민이 이 세 가지 권리를 누릴 수 있게 해 주는 사람이다.

그런데 사람은 행복을 추구할 권리를 가지고 있다고 해서 행복한 것이 아니다. 어떤 사람이 행복한 사람인가? 행복을 추구할 용기를 내는 사람이 그 용기의 분량만큼 행복을 누리는 것이다. 혹시 행복을 싫어하는 사람이 있는가? 너나없이 남녀노소 불문하고 다 행복을 좋아한다. 그러나 행복을 좋아한다고 해서 행복해지지 않는다. 행복을 추구하는 용기를 내는 사람이 그 용기만큼 행복을 누리는 것이다.

따라서, 내가 이런 행복 저런 행복을 누리고 싶은데 오늘 행복하지 않다면 어떻게 해야 할까? 내가 그 행복을 얻기 위한 용기를 내고 있는지, 그 용기에서 나오는 힘으로 내가 원하는 행복을 얻고 누리기 위한 수고를 얼마나 하고 있는지를 생각해 보면 답을 얻을 것이라 생각한다.

시편 성경에서는 '할렐루야'라는 단어가 많이 나오는데, 이 말은 '여호와를 찬양하라'는 뜻이다. 시편 저자는 내가 살아 있을 모든 날 동안 여호와 하나님을 찬양하라고 했다. 나는 이 말씀을 묵상하면서 이런 생각이 들었다. 입에서 노래가 나오는 사람은 행복한 사람이라고.

노래는 크게 두 종류의 노래가 있다. 첫째는 하나님을 위한 노래이고, 둘째는 사람을 위한 노래이다. 우리 그리스도인은 이 두 종류의 노래를 부를 수 있다. 그런데 두 종류의 노래를 부를 때 공통적으로 추구해야 할 게 있다. 찬양을 부를 때에도 하나님을 기쁘시게 할 수 있어야 하고 세상 사람도 기쁘게 할 수 있어야 한다. 일반 노래를 부를 때에도 하나님을 기쁘시게 할 수 있어야 하고 세상 사람도 기쁘게 할 수 있어야 한다.

우리 부부는 길거리에서 버스킹도 하고 지역의 이런저런 행사에서 초청을 받아 노래를 부른다. 교회에서는 성도들과 함께 찬양을 부른다. 교회 밖으로 나가 지역 주민들을 위한 노래를 부를 때는 우리 부부는 찬양을 부르지 않고 보편적 인류애가 담겨 있고 또 일반 사람들이 좋아하는 노래를 부른다. 아마 우리 부부가 그런 자리에서 교회에서 부르는 찬양을 불렀으면 하나님의 영광을 드러내기보다는 도리어 하나님의 영광을 가리우게 될 것이고, 우리 부부는 사람들로부터 비판과 비난을 받을 것이다. 반대로, 교회는 거룩하고 세상은 속되다고 생각하는 사람은 목사와 사모가 무슨 저딴 노래를 부르냐고 비난하는 사람도 있을 것이다.

나는 음악치료사이긴 하지만 전문적 가수가 아니다. 그냥 음악을 좋아하고 즐기는 사람이다. 그러나 우리 부부는 교회에서 찬양을 부르건 세상 사람들 앞에서 세상 노래를 부르건 추구하는 것이 있다. 바로 하나님을 기쁘시게 하고 사람을 기쁘게 하는 노래를 부르자는 것이다.

사람이 아닌 하나님

다시 주제로 돌아와서, 행복을 추구하는 용기를 내는 사람들의 특징 중 하나는 그 입술에 노래가 끊이지 않는다는 것이다. 기쁨도 슬픔도, 희망도 좌절도 노래로 담아낼 수 있는 사람이라는 것이다. 행복을 추구하는 용기를 내기에 삶의 희로애락을 노래로 표현하는 사람은 분명 그 용기 때문에 인생이 행복해질 것이다.

두 번째 특징은 세상 사람들에게 목메지 않고 하나님만 의지한다는 것이다. 아, 물론 사람은 서로 도와주고 도움받고 살아야 한다. 그러나 사람이 하나님 자리를 차지하게 하지 말아야 한다는 것이다. 내가 누군가에게 도움이 되어 주고 있다면, 내게로부터 도움을 받는 사람이 하나님보다 나를 더 의지하게 해서는 안 된다. 내가 누군가로부터 도움을 받고 있다면, 내가 그를 하나님보다 더 의지해서는 안 된다.

성경에 나오는 야곱이라는 인물이 나오는데, '야곱'의 뜻은 '발 뒤꿈치를 움켜잡는 자' 혹은 '사기꾼'이라는 뜻이다. 그런데 하나님은 그 야곱을 버리지 않으시고 도와주셔서 믿음의 조상 중 한 명이 되게 하셨다. 행복을 추구하는 용기를 내는 사람은 내 눈을 혹하게 하고 내 귀를 혹하게 하고 내 마음을 혹하게 하는 세상 사람을 의지하는 것이 아니라, 무가치한 자를 가치 있는 자가 되게 하시고, 쓸모없는 자를 쓸모 있게 하시고, 무능력한 자를 능력 있게 하시고, 가난한 자를 부요케 하시고, 약한 자를 강하게 하시고, 낮은 자를 높이시는 하나님만 의지할 용기를 내는 사람인 것이다.

나는 불행을 선택했기 때문에 인생이 불행해졌던 사람이다. 그 당시는 부모도 나를 버렸고 세상도 나를 버렸다는 생각을 했었다. 그래서 나는 나의 타락을 세상 탓 부모 탓으로 돌리면서 그것을 내가 불행한 선택을 한 것에 대한 이유와 변명으로 삼았다. 돌아보면, 불행했던 그 순간에도 행복해질 기회들이 있었다. 그러나 나는 이미 불행을 선택했었기 때문에 행복해질 기회가 눈에 들어오지 않았고 귀에 들리지 않았다. 그래서 불행을 선택했기에 불행한 삶을 살 수밖에 없었다.

행복을 추구할 용기

그런 내가 하나님의 은혜로 예수님을 믿는 용기를 내었고, 예수님을 믿는 데서 나오는 힘으로 행복을 추구할 용기를 내었다. 불행을 선택했기 때문에 내가 치러야 할 값은 이루 말할 수 없이 컸다. 그런데 행복을 선택했기 때문에 내가 치러야 할 값도 이루 말할 수 없이 컸다. 불행을 선택한 값을 치루니 인생이 불행해졌다. 행복을 선택한 값을 치루니 인생이 행복해졌다.

나는 산전수전만 겪은 사람이 아니다. 공중전에다가 수중전도, 김치전 호박전 동태전 부추전에다가 해물파전까지 겪은 사람이다. 불행을 선택했을 때도 온갖 인생 전쟁을 치러야 했고, 행복을 선택했을 때도 온갖 인생 전쟁을 치러야 했다. 이것은 현재진행형이다.

그 와중에 내가 깨달은 것이 있다. 불행을 선택하건 행복을 선택하건 인생 전쟁은 피할 수 없다는 것이다. 그 와중에 외상도 입고 내상도 입는다. 그런데 불행을 선택하는 사람은 외상과 내상을 이겨 내지 못하고 불행의 늪으로 빠져들지만, 행복을 선택하는 사람은 외상과 내상을 이겨 내고 행복의 문을 차례차례 열어 가게 된다는 것이다.

과거에 불행을 선택해서 불행의 늪에 빠졌던 나는 감사하게도 하나님의 은혜로 행복을 추구할 용기를 낼 수 있었다. 나에게 있어, 내가 예수 그리스도를 믿기 시작했을 때, 예수님은 나로 하여금 행복을 추구할 용기를 주셨다. 솔직히 나는 예수님을 믿기만 하면 불행의 먹구름이 빛의 속도로 사라지면서 행복의 세계가 열릴 줄 알았다. 눈물을 쏟으면서 예수님을 믿는다고 고백하는데도 여전히 내 인생은 힘들었다. 기도에 재미를 붙였을 때는, 기도 한번 세게 하면 신세계가 열릴 줄 알았다. 금식기도를 했는데도 여전히 내 인생은 힘들었다. 자칫하면 시험에 들어 믿음을 놓쳐 버리고 다시 옛날의 불행한 삶으로 돌아갈 뻔했다.

그 와중에 깨달은 것이 있다. 불행을 선택하건 행복을 선택하건 인생 전쟁을 피할 수 없는 것이 인간의 운명이라는 것이고, 피할 수 없는 운명이라면 그 운명을 사랑해야 한다는 것이다. 그리고 예수 그리스도를 믿는다는 것은 실존적 운명을 사랑하는 용기를 내는 것이며, 그 사랑의 용기는 행복을 추구하는 용기로 나타나는 것이라는 깨달음이 있었다. 그래서 나는 불행을 선택하건 행복을 선택하건 어차피 인생 전쟁을 치러야 하는 것이 인간의 실존적 운명이라면 차라리 그 운명을 열렬히 사랑하면서 행복을 추구하는 용기를 내는 것이 좋겠다는 생각이 들었다.

행복을 추구하는 용기를 냈다. 비바람이 불었고, 눈보라가 몰아쳤다. 그 와중에 머리가 다 세었다. 그런데 참 이상하다. 몸이 피곤에 절어도 영혼이 너무 자유롭다. 깊은 밤에도 잠들지 못하며 고민하는 나를 보면서 살아 있음에 행복하고, 하루하루 실패와 성공과 상관없이 영적으로나 정신적으로 의미가 있는 삶이 되고자 몸부림칠 수 있는 그 자체가 행복하다는 생각이 든다. 내가 예수 그리스도를 믿어 내 운명을 사랑하고 이렇게 행복을 추구할 용기를 냈기에 고통을 겪으며 고뇌할 수 있다는 그 자체가 참 감사하다. 그렇게 예수 그리스도를 믿는 믿음 안에서 행복을 추구하다가 어느 날 생의 마지막 날을 맞이하게 되는 그 순간이 나에겐 내 인생의 행복의 정점일 것 같다!

9

멋있게 살 용기

1 일어나라 빛을 발하라 이는 네 빛이 이르렀고 여호와의 영광이 네 위에 임하였음이니라

2 보라 어둠이 땅을 덮을 것이며 캄캄함이 만민을 가리려니와 오직 여호와께서 네 위에 임하실 것이며 그의 영광이 네 위에 나타나리니

3 나라들은 네 빛으로, 왕들은 비치는 네 광명으로 나아오리라

이사야 60장 1~3절

많은 사람들이 나보고 멋지다고 한다. 그런 나를 가리켜 교만하다, 목사답지 못하다고 말해도 어쩔 수 없다. 나는 '기왕이면 다홍치마'라는 말이 있듯이 기왕 살 바엔 멋있게 살려고 노력을 많이 한다. 그래서 목사로서 교회에서 목사 노릇도 열심히 하지만, 버스커 활동도 하고 시니어 모델 활동도 한다. 멋있어지기 위해 규칙적으로 운동도 열심히 하면서 몸매 관리도 한다. 앞태와 뒤태 라인이 살아나는 옷도 입고, 나의 백발이 더욱 돋보이게 퍼머도 하고 얼굴에 비비크림도 바른다. 그래서 멋있다는 소리를 듣는다.

_본문 중에서

날마다 파티

옛날에 어느 굉장히 보수적인 교회 목사님 가정에서 있었던 일이라고 한다. 목사 아들이 목사 아버지에게 물었다.

"아버지, 아버지는 왜 설교할 때 항상 굳어 있거나 아니면 화난 표정으로 설교를 하세요?"

목사 아버지가 뭐라고 했을까? 목사 아버지가 한참 뜸을 들이다가 말했다.

"나도 잘 모르겠다!"

우리 사회에는 보수적이라거나 경건이라고 하면, 엄숙한 표정에다가 점잖은 행동인 것으로 생각하는 경향이 있다. 그래서 예배를 드릴 때도 목사가 유머를 사용하면 안 되고, 성도는 웃어도 안 되고, 아멘도 큰 소리로 해서는 안 되고, 찬송을 부를 때 박수를 쳐도 안 되고, 드럼을 쳐도 안 되고 기타를 쳐도 안 되고, 율동을 해도 안 되고 등등. 만약 내가 그러한 보수와 경건을 추구하는 교회의 목사라면 아마도 잘려도 여러 번 잘렸을 것이다.

적어도 내가 생각하는 천국은 날마다 잔치를 하는 곳이다. 우리가 천국에 가면 날마다 그 잔치에 참석을 하게 된다. 그러면 천국에 가서 꿔다 논 보릿자루처럼 앉아 있고 싶을 사람 있을까? 아무도 없을 것이다. 그럼 우리는 어떻게 살아야 하는가?

신학적으로 교회는 천국의 모형이라고 한다. 그렇다면 우리는 교회에 다니는 것이 천국에 가서 사는 연습을 하는 것이라고 할 수 있다. 세상 사람들과 똑같이 날마다 힘이 들어도 우리는 여유만만하고, 일이 안 풀려도 희희낙락하고, 고난을 당해도 위풍당당하면서 사시사철 으랏차차 하며 사는 연습을 해야 한다. 그렇게 살다가 천국에 가면 날마다 잔치에 참여하여 천국잔치 판을 주름잡을 수 있는 힘과 능력을 키워야 한다. 그렇기 때문에 우리는 예수님의 이름으로 내가 다니는 교회나 내가 사는 동네를 늘 잔칫집으로 만드는 연습을 해야 하는 것이다.

멋있게 살 용기

하나님은 이사야 선지자를 통해 "일어나라 빛을 발하라"(이사야 60:1)고 하셨다. 나는 이 말씀이 이 세상 살 동안 하나님의 자녀로서 멋지게 살라는 의미로 해석하고 싶다. 세상 사람들과 똑같이 힘들게 살아야 하는 게 우리의 운명일진대, 우리는 예수님을 믿는 믿음에서 나오는 힘으로 그 운명을 사랑하며 그 운명을 즐기면서 헤쳐 나가는 모습을 보여 주는 삶, 그런 삶이 바로 일어나서 빛을 발하는 삶이고, 그런 삶이 멋진 삶 아니겠는가!

우리 교회는 봄 가을로 교회 정원에서 가든파티를 여는데, 가든파티하기 전 주일에 성도들에게 '나를 표현할 용기'라는 제목으로 말씀을 전해 드렸었다. 그러고 나서 일주일 후 가든파티를 하면서 성도들을 위해 런웨이쇼 타임을 마련하여 성도들이 자신을 멋지고 아름답게 표현할 기회를 주었다. 그날 나는 깜짝 놀랐다. 우리 교회 성도들은 내가 뭘 해도 목사로서의 의식 없이 그저 닐리리야 하면서 세상 가볍게 사는 목사가 아니라는 것을 이미 다 알고 있는 것이다. 실제로 나는 무엇을 하든지 간에 내가 말하고 행하는 것 속에 신앙적 의미를 담아내려고 애를 쓴다.

나는 시니어 모델로서, 패션쇼에 참가하여 런웨이를 걸을 때도 신앙인으로서의 멋을 담아내려고 노력한다. 그런데 성도들에게 런웨이쇼를 마련해 주면 손사래를 치며 거절하지 않을까 염려가 되기도 했었다. 그런데 나는 저 성도에게 저런 모습이 있었나, 저런 매력이 있었나 하는 생각이 들 정도로 각자 자신의 개성을 살린 패션과 워킹과 포즈로 자신을 표현하였다. 마치 '내가 세상에서 제일 잘 나가!' 하는 것처럼 느껴졌다. 그러면서 나도 나를 맘껏 표현하며 멋지게 인생을 살려고 노력하는 만큼 성도들의 마음도 자꾸 부추겨서 자신을 멋지게 표현하고 멋지게 살 용기를 내게 해 주는 그런 리더십을 발휘해야겠다는 다짐을 하였다.

하나님의 자녀들은 더 이상 과거의 노예가 되어 살아서는 안 된다. 예수님을 믿고 있는 지금 여기의 나는 하나님의 아들이요 딸이기에 자존감과 자신감을 가지고 할 수 있는 한, 멋지게 살아야 한다. 세상 사람들이 볼 때, '저 사람은 하루하루 사는 게 힘든 것은 피차일반인 것 같은데 저 사람은 같은 하루를 살아도 나랑 사는 게 다르네, 나보다 멋지게 사네.' 이렇게 생각하게 해야 하지 않겠는가? 나는 그게 오늘 이 시대에 신앙인들에게 주어진 영적 사명이라고 생각한다!

많은 사람들이 나보고 멋지다고 한다. 그런 나를 가리켜 교만하다, 목사답지 못하다고 말해도 어쩔 수 없다. 나는 '기왕이면 다홍치마'라는 말이 있듯이 기왕 살 바엔 멋있게 살려고 노력을 많이 한다. 그래서 목사로서 교회에서 목사 노릇도 열심히 하지만, 버스커 활동도 하고 시니어 모델 활동도 한다. 멋있어지기 위해 규칙적으로 운동도 열심히 하면서 몸매 관리도 한다. 앞태와 뒤태 라인이 살아나는 옷도 입고, 나의 백발이 더욱 돋보이게 퍼머도 하고 얼굴에 비비크림도 바른다. 그래서 멋있다는 소리를 듣는다.

그런데 나 보고 멋지다 하고 부러워하기도 하는 사람들 대부분이 자신은 멋지게 살 용기를 못 내겠다고 한다. 내가 목사이다 보니 목사들 모임에 참여할 기회가 많은데, 많은 동료 목사들이 나를 부러워하면서 나처럼 살고 싶은데 자신은 용기를 내지 못하겠다고 하였다. 또한 나는 사회복지사이다 보니 사회복지 현장에 동료들도 많이 있는데, 그들도 천사 콤플렉스에 빠져 사는 경우가 많이 있다. 물론 나도 천사 콤플렉스에 빠져 속으로는 울면서도 겉으로는 웃는 모습 보이려고 발버둥을 많이 쳤었다. 그러다가 우울증에 걸릴 뻔했다. 아니, 우울증이 찾아왔었다. 다행히 나는 멋지게 살 용기를 냈다. 멋지게 살 용기를 내니 멋지게 살려고 무진장 노력을 하게 되고, 멋지게 살 노력을 하다 보니 멋지다는 소리를 듣게 되었다!

허당의 멋있는 용기

솔직하게 까놓고 말해서 세상에서 나만큼 아픈 과거를 숨기고 싶은 사람은 아마 드물 것이다. 나는 나 스스로 내가 만든 감옥에 가둔 나를 해방시키고 멋진 나를 실현하기 위해 남들이 숨기고 싶어 하는 나의 불행한 과거를 「약한 나로 강하게」라는 제목의 책을 통해 다 공개했다. 그렇게 나의 가장 약하고 아프고 부끄러운 과거를 담대하게 털어놓고 나니 영혼이 자유로워지면서 멋지게 살 용기를 낼 수 있었다.

한번 물어보자. 나는 한 살 때 부모로부터 버림받은 천애고아가 되었다. 유소년 시절에는 송충이라는 별명을 가지고 살았다. 청소년 시절엔 공돌이라는 별명을 가지고 살다가 빵잽이라는 별명을 얻게 되었다. 이렇게 나는 대한민국의 어떤 막장 인생보다 더 막장 인생을 살았던 사람이었다. 혹시 나만큼 불행한 과거를 가진 사람이 있는가?

나는 태생적으로 불행하게 태어났고, 태어나서도 불행하게 살았다. 그런 나는 예수님 때문에 하나님의 아들이 되었다. 예수님 때문에 예수님을 믿지 않는 사람들보다 더 멋지게 살 용기를 내었다. 그래서 과거에 나를 불행하게 했던 사람들이나 환경을 탓하기보다는 오늘 지금 예수님을 믿는 믿음에서 나오는 힘으로 멋지게 살려고 발버둥을 치고 있다.

그렇게 살다 보니 사람들은 나를 보고 멋지다고 한다. 물론, 나를 비판하고 비웃고 조롱하는 사람들도 있다. 그렇지만 나는 나를 비판하고 비난하는 사람들에게 나의 소중한 에너지를 쏟기보다는 내가 멋지게 사는데 나의 에너지를 쏟아붓고 있다. 좋지 아니한가!

10
다리를 건널 용기

9 내가 땅 끝에서부터 너를 붙들며 땅 모퉁이에서부터 너를 부르고 네게 이르기를 너는 나의 종이라 내가 너를 택하고 싫어하여 버리지 아니하였다 하였노라

10 두려워하지 말라 내가 너와 함께 함이라 놀라지 말라 나는 네 하나님이 됨이라 내가 너를 굳세게 하리라 참으로 너를 도와 주리라 참으로 나의 의로운 오른 손으로 너를 붙들리라

이사야 41장 9~10절

오늘을 살고 있는 우리는 너나없이 어제보다 나은 내일을 소망한다. 그런데 어제보다 나은 내일의 세상으로 나아가려면 반드시 오늘이라는 다리를 건너야 한다. 그 다리를 건너려면 용기를 내야 한다. 안정을 잃어버릴 용기, 체력적으로 정신적으로 힘든 것을 감내할 용기, 불편한 것을 견딜 용기, 비판과 비난과 비웃음을 이겨 낼 용기를 내야 한다.

_본문 중에서

환갑 청년의 성공 경험

드디어 내가 60년을 살아 냈다. 2024년은 내가 환갑이 된 해이다. 옛날에는 사람이 환갑의 나이가 되면 환갑잔치를 했다. 그 이유는 그 당시는 사람들이 70세 되기 전에 죽는 사람들이 많았기 때문이다. 그러나 요즘은 100세 시대인지라 환갑쯤은 아무것도 아니라고 할 수 있다. 그러나 나에겐 환갑이 특별한 의미로 다가왔다. 왜냐하면, 나의 아버지는 내가 한 살 때 불운하게 돌아가셨기 때문이다. 그것은 나에게 심리적으로 큰 부정적인 영향을 미쳤다. 나도 아버지의 전철을 밟게 되지는 않을까 하는 불안이 있었다. 그와 동시에 나는 아버지의 전철을 밟지 않겠다는 다짐도 무수하게 많이 했었다.

이제 나는 목사, 사회복지사, 음악치료사, 작가, 시니어 모델로 살던 중 환갑을 맞이하였다. 이를 페이스북에 〈환갑소회〉라는 제목으로 글을 올렸더니 어떤 분이 이렇게 댓글을 남겼다. '인생사 희로애락의 결정판입니다. 축하합니다!' 또 오랜 세월 동안 나의 삶을 지켜보아 오셨던 분이 이런 댓글을 남기셨다. '목사님은 금수저 집안의 장손인 줄 알았습니다. 왜냐면, 외모, 재능, 능력 모든 것이 완벽해서 부잣집에서 많은 교육으로 꾸며진 줄 알았지요. 수렁에서 건져 올리신 하나님의 귀한 작품이셨군요. 훌륭하십니다.' 그러면서 환갑을 축하해 주었다.

1964년에 6월 21일에 태어나 송충이, 공돌이, 빵잽이로 불렸던 불행의 아이콘 김동문은 1985년 12월 어느 날 예수님을 믿음으로 종교적 탄생을 경험하였다. 그런 김동문은 하나님의 은혜로 인생역전을 이루면서 성공적으로 사회적 탄생도 이루었다. 많은 사람들은 예수 그리스도를 믿고 신앙생활을 하면서 인생의 전환점을 이루는 과정에 결정적으로 영향을 미친 성경 말씀들을 가슴속에 간직하고 있다. 나 또한 그러했다.

하나님께서 이사야 선지자를 통해 하신 말씀 중 "내가 땅 끝에서부터 너를 붙들며 땅 모퉁이에서부터 너를 부르고 네게 이르기를 너는 나의 종이라 내가 너를 택하고 싫어하여 버리지 아니하였다 하였노라"(이사야 41:9)고 하신 말씀과 "나 여호와 너의 하나님이 네 오른손을 붙들고 네게 이르기를 두려워하지 말라 내가 너를 도우리라 할 것임이니라"(이사야 41:13)고 하신 말씀은 정말 나를 감격하게 했고 힘을 솟구치게 했다.

그렇다. 나는 이 말씀이 내 삶 속에서 실현되는 것을 경험한 사람이다. 어려서부터 애비 없는 설움을 겪었던 나를 아들로 택하여 주시고 사랑해 주신 하나님, 그 하나님은 나를 하나님의 종으로 세우시고 나를 통해 하나님의 뜻을 이루시기 위해 수많은 돕는 사람들을 보내 주셨다. 그래서 나는 사회의 짐이 되던 삶을 청산하고 사회에 조금이라도 기여하는 삶을 살아왔고, 패자 부활을 외치며 희망의 전도사로 살고 있다.

트라우마의 다리를 건널 용기

그런데 나는 그동안 60년의 세월을 살아올 동안 내 안에 큰 트라우마가 있었다. 앞에서도 밝혔지만, 나도 아버지 같은 전철을 밟게 되지 않을까 하는 불안이 늘 있었다. 내 기억으로는, 내가 초등학교 5학년이던 열두 살 때 처음으로 죽고 싶다는 생각을 했었던 것 같다. 그 어린 나이에 희망의 내일로 가는 다리가 없다고 생각했기 때문이다.

나는 일종의 성인 ADHD이다. 가만히 있지 못하고 늘 움직인다. 하나의 일에만 집중하는 것이 아니라 동시다발적으로 여러 가지 일을 동시에 수행하면서 나름 성과를 낸다. 나의 아버지는 아무것도 물려준 것 없이 한 살 된 아들을 두고 먼 길을 떠나셨지만 대신에 열심히 노력하는 열정과 체력과 창의성을 물려준 것 같다. 그래서 나는 초등학교 시절부터 여름에는 강에 가서 물고기를 잡아오고, 겨울에는 팽이와 썰매를 직접 만들어 탔다. 청소년 시절 때도 일찌감치 공장에 들어가 살 길을 찾아 헤매었다.

그런데 저 너머 희망이 있을까 하여 지금 눈앞에 있는 다리를 건너면 거기서 또 막히는 것이다. 또 건너면 또다시 막혔다. 청소년 시절 그런 실패 경험을 연이어 하면서 이런 생각이 들었었다. '나는 이 세상에 살 가치가 없는 사람인가 보다.' 그러면서 또 죽음을 생각하게 되는 것이었다.

그러다가 내가 그렇게도 싫어했던 아버지의 전철을 따라가기 직전, 나는 1985년 12월 어느 날 깊은 밤에 예수 그리스도를 만나면서 하나님의 아들로 태어나는 중생의 경험을 하였다. 그때부터 나는 죽음의 욕구에 지배받는 김동문이 아니라 생명의 욕구에 지배받는 김동문이 되었고, 드디어 환갑을 맞이할 수 있게 되었다.

다리를 건널 용기

험한 세월이 주는 풍상을 겪으면서 나는 다른 사람들과 경쟁을 하지 않게 되었다. 많은 사람들이 나의 라이프 스타일을 보고 내가 남에게 지고는 못 사는 경쟁심 끝판왕으로 본다. 아니다. 나는 남을 이겨 먹으려고 하지 않는다. 애초에 나는 태생적으로 경쟁력이 많이 부족하기 때문에 내 또래들과 경쟁해 봤자 이길 수 없고, 경쟁해서 지면 패배 경험이 나를 더욱 비참하게 하기 때문이다. 그래서 나는 남과 경쟁하지 않고, 대신 내 안의 욕망하는 자아와 나를 넘어뜨리려는 자아를 이겨 먹으려고 발버둥을 쳐 왔다. 그렇게 내 안의 못난 나와 경쟁하면서 불행의 다리를 건너려고 발버둥을 쳐 왔다.

불행의 아이콘이었던 김동문의 삶과 희망의 아이콘 김동문의 삶 사이에는 다리가 있었다. 예수 그리스도라는 다리였다. 그리고 어제와 내일 사이를 이어 주는 무수한 다리들이 있었고, 다리들을 건너기 위해서는 용기가 필요했다. 내가 이 다리를 건너야 하나 말아야 하나 하고 나를 걱정하게 하고 염려하게 하고 불안해하는 많은 다리들이 늘 있었다. 그럴 때마다 하나님은 말씀을 통해 두려워하지 말라고 하셨고 놀라지 말라고 하셨고, 나를 굳세게 하시겠다, 도와주시겠다, 붙들어 주시겠다고 하셨다.

만약 내가 그저 내 힘으로 내 안의 부정적인 자아와 싸워 왔다면, 분명 오늘의 나는 없을 것이다. 아니, 실제로 나는 나 혼자서 불행의 다리를 건너려고 그 어린 나이에 무던히도 노력했었다. 그러나 나는 더 큰 불행의 다리를 마주쳐야 했었다. 그런데 예수 그리스도를 믿기 이전엔 늘 다리를 건너는데 실패하던 내가 예수 그리스도를 믿고 난 이후엔 다리를 건너는 이런저런 성공 경험을 하게 하면서 60년의 삶을 살아 냈다.

그렇게 60년의 삶을 반추해 보면서 두 가지 생각이 들었다. 첫째, 내가 아버지로부터 물려받은 불행의 삶을 답습하지 않고 희망의 다리를 건너기 위해 60년의 삶을 살아오면서 자식들을 위한 희망의 다리를 놓았다는 것이다. 적어도 자식들이 예수 그리스도를 믿는 믿음 안에서 그 다리를 건널 용기를 내면, 분명 자식들은 희망의 세계로 들어갈 수 있으리라는 생각이 들었다.

둘째, 나는 평생 다리를 놓는 목회를 해 왔다는 것이다. 복음의 다리를 놓고, 사회복지의 다리를 놓고, 음악치료의 다리를 놓아 왔다. 하여튼 이 세상 사람들에게 혹은 동료 목회자들에게 혹은 한국 교회에 혹은 가난한 나라들에 오늘보다 나은 내일로 갈 수 있는 다리를 놓기 위해 가열차게 살아왔다는 것이다.

하지만 그 다리를 스스로 건널 용기를 내지 못하는 사람들도 있었고, 다리를 놓아 주었더니 업고 건너가 주기를 바라는 사람들도 있었고, 불평하고 원망하는 사람들도 있었다. 반면에, 그 다리를 건너 어제보다 나은 희망의 삶을 연 사람들도 많이 있고, 희망을 열어 가고 있는 사람들도 있다.

오늘을 살고 있는 우리는 너나없이 어제보다 나은 내일을 소망한다. 그런데 어제보다 나은 내일의 세상으로 나아가려면 반드시 오늘이라는 다리를 건너야 한다. 그 다리를 건너려면 용기를 내야 한다. 안정을 잃어버릴 용기, 체력적으로 정신적으로 힘든 것을 감내할 용기, 불편한 것을 견딜 용기, 비판과 비난과 비웃음을 이겨 낼 용기를 내야 한다.

하나님은 버러지 같은 우리를 선택하여 주시고 불러 주셨다. 그 하나님께서 우리를 굳세게 하시고 도와주시고 붙들어 주신다고 하셨다. 예전엔 할 수 없었던 일을 하게 하신다고 하셨다. 나는 이 하나님을 믿고 어제의 다리를 건너 오늘의 세상에 들어왔다. 그런 나는 또 내일의 다리를 건널 용기를 낼 것이다.

11
도전할 용기

7 구하라 그리하면 너희에게 주실 것이요 찾으라 그리하면 찾아낼 것이요 문을 두드리라 그리하면 너희에게 열릴 것이니

8 구하는 이마다 받을 것이요 찾는 이는 찾아낼 것이요 두드리는 이에게는 열릴 것이니라

9 너희 중에 누가 아들이 떡을 달라 하는데 돌을 주며

10 생선을 달라 하는데 뱀을 줄 사람이 있겠느냐

11 너희가 악한 자라도 좋은 것으로 자식에게 줄 줄 알거든 하물며 하늘에 계신 너희 아버지께서 구하는 자에게 좋은 것으로 주시지 않겠느냐

마태복음 7장 7~11절

'작심삼일'이라는 말이 있다. 이게 좋은 말인가, 안 좋은 말인가? 작심삼일이라는 말은 좋은 말이기도 하고 안 좋은 말이기도 하다. 딱 삼 일 만 하고 그 뒤로는 쳐다보지도 않는 사람에겐 작심삼일이라는 말은 안 좋은 말이다. 그러나 작심삼일이 좋은 말이 되게 하는 사람이 있다. 그런 사람은 어떤 사람일까? 작심삼일을 무한 반복하는 사람이다. 누가 딱 삼 일 도전하고 멈추었다고 하자. 그럼 다시 삼 일 도전하고 또 멈추고, 다시 또 삼 일 도전한다. 그러면 그 사람은 어느 순간 쉼 없이 도전하는 사람이 되는 것이다. 그런 사람에겐 도전이 루틴이 된다. 그런 사람은 작심삼일이라는 말을 좋은 말이 되게 하는 것이다.

_본문 중에서

행복에 도전할 용기

춥고 배고팠던 시절엔 사람들이 이런 말을 했다. '잘 먹고 죽은 사람은 때깔도 좋다.' 그런데 요즘은 적어도 우리나라 상황에서는 못 먹어서 병이 나는 세상이 아니라 너무 잘 먹어서 병이 나는 세상이다. 그런 세상에서는 더 이상 잘 먹고 죽은 사람 때깔도 좋다는 말은 어울리지 않는다. 나는 잘 놀다 죽은 사람이 때깔도 좋다고 생각한다.

그러려면 용기가 필요하다. 행복은 가만히 앉아서 기다리는 자에겐 항상 저 멀리 있고, 행복할 용기를 내는 사람에겐 추상명사였던 행복이 나의 삶 속에서 동사가 되는 것을 경험하게 된다. 이를 위해 우리는 추상명사인 행복이라는 단어를 내가 지금 여기의 삶의 현장에서 경험할 수 있는 동사가 되게 하기 위해 도전할 용기를 내어야 한다.

"구하라 그리하면 너희에게 주실 것이요 찾으라 그리하면 찾아낼 것이요 문을 두드리라 그리하면 너희에게 열릴 것이니 구하는 이마다 받을 것이요 찾는 이는 찾아낼 것이요 두드리는 이에게는 열릴 것이니라"(마태복음 7:7~8)

나는 '구하라'는 단어를 '기회(chance)'로, '찾으라'는 단어를 '선택(choice)'으로, '두드리라'는 말씀을 '도전(Challenge)'으로 적용을 하고 싶다. 사람은 죽을 기회가 아닌 살 기회를 찾는 용기, 나를 살릴 기회를 선택하는 용기, 살아 내기 위해 도전하는 용기를 내야 한다. 미워할 기회가 아닌 사랑할 기회를 찾는 용기, 그 사랑할 기회를 선택할 용기, 사랑을 실천하는 도전할 용기를 내야 한다는 것이다. 나를 불행하게 할 기회가 아닌 나를 행복하게 할 기회를 찾는 용기, 그 행복을 선택하는 용기, 행복한 삶을 위해 도전하는 용기를 내야 한다는 것이다.

운명을 사랑할 용기

나는 어렸을 때 어른이 되면, 행복할 줄 알았다. 그런데 웬걸 어른이 되고 나니 차라리 아무것도 몰랐던 어린 시절이 행복했구나 하는 생각을 하게 된다. 고생 2, 30년쯤 하고 나면 그 뒤부터는 고생스런 순간이 닥쳐도 씨익 웃으며 고생을 고생으로 여기지 않고 살 수 있을 거라 생각했다. 그런데 나는 지금도 여전히 고생은 낯설고 지긋지긋하고 적응이 되지 않는다. 한 10년 예수님 믿으면 신앙생활의 도사가 될 수 있을 거라 생각했다. 하지만 신앙생활한 지 40년이 되었는데도 신앙생활의 도사가 되기는커녕 여전히 부족하고 허물 많고 흠이 많은 나 자신을 발견하고, 그런 내 자신이 싫어지기도 한다.

그 와중에 나는 이미 익히 알고 있었던 것, 그러나 까맣게 잊고 있었던 것이 생각났다. 아담과 하와의 타락 이후, 인간은 태어나서 죽을 때까지 죽을 고생을 하며 살아야 하고, 그것이 인간의 운명이라는 것이다. 예수님을 믿으면 불행 끝 행복 시작이고, 어느 교회 무슨 교회 다니면 불행 끝 행복 시작이 아니라는 것이다.

예수 그리스도를 믿고 나니 인생에 대한 걱정근심 싹 사라지던가?

고생과 고난이 싹 사라지고 입술에서 '이보다 더 좋을 수 없다!'는 말이 저절로 나오던가? 우리는 경험으로 잘 안다. 예수 그리스도를 믿어도 안 믿는 사람들과 똑같이 인생의 쓴맛 단맛을 다 보면서 살게 된다는 것을 말이다. 어떤 점에서, 신앙인은 예수님을 믿기 때문에 때로는 안 믿는 사람들보다 더 많은 고생과 고난을 겪어야 할 때도 있다. 그런데 그렇게 예수님을 믿고 안 믿고 상관없이 온갖 시련과 고난을 겪으며 사는 것이 바로 인간의 운명이라는 것이다.

이런 운명에 대해 다른 종교에서는 전생 탓을 하며 송충이는 솔잎을 먹고 살아야 한다고, 사람마다 각자 타고난 팔자대로 살아야 한다고 말한다. 그러나 기독교는 시련과 고난의 운명을 사랑하라는 것이다. 시련과 고난으로 점철된 자신의 운명을 사랑하여 그 시련과 고난을 헤쳐 나가라는 것이다.

요한 사도는 "무릇 하나님께로부터 난 자마다 세상을 이기느니라 세상을 이기는 승리는 이것이니 우리의 믿음이니라"(요한1서 5:4)고 했다. 바울 사도는 고린도전서 "우리 주 예수 그리스도로 말미암아 우리에게 승리를 주시는 하나님께 감사하노니"(고린도전서 15:57)라고 했다. 예수님은 "예수께서 이르시되 할 수 있거든이 무슨 말이냐 믿는 자에게는 능히 하지 못할 일이 없느니라"(마가복음 9:23)고 하셨다. 또 바울 사도는 "내게 능력 주시는 자 안에서 내가 모든 것을 할 수 있느니라"(빌립보서 4:13)고 했다.

믿음이란 시련과 고난을 없애는 능력이 아니라, 시련과 고난을 이겨 내는 능력이다. 믿음이란 시련과 고난의 운명에 굴복하는 것이 아니라, 시련과 고난의 운명을 헤치고 나아가면서 오늘보다 나은 내일을 열기 위해 도전할 용기를 내는 것이다.

나도 한때는 오늘이 어제보다 나아지지 않는 것 때문에 속상해하고 아파하고 좌절하고 낙망할 때가 있었다. 목회를 계속해야 하나 말아야 하나 하고 밤이 깊도록 고민했던 때도 있었다. 그런데 그렇게 속상해하고 아파하고 좌절하고 낙망하니 나만 손해였다. 속상해하고 아파하고 좌절하고 낙망하는 데에 엄청난 에너지가 소모되었다. 몸과 마음의 에너지 소모가 너무 심해서 몸과 마음을 지치게 하고 병들게 했다.

그러던 중 하나님의 은혜로 깨달은 게 뭐냐 하면, 나의 운명은 이 시련과 고난을 죽을 때까지 안고 가야 한다는 것이다. 그 운명을 사랑하여 오늘 내 인생에 놓인 시련과 고난을 이겨 오늘보다 나은 내일을 열어야 한다는 것이다. 나의 서러운 실존적 운명을 이겨 먹기 위해서는 우리에게 승리를 주시는 예수님을 믿어야 한다는 것이다. 우리가 예수님을 믿으면 예수님은 우리가 운명과 맞짱 뜰 용기를 주시고 우리의 운명을 이길 힘을 주신다는 것이다.

도전할 용기

나는 이것을 깨닫고 나서 내 운명을 이겨 먹기 위해 도전할 용기를 내었다. 내 운명을 이겨 먹을 기회를 찾고자 했다. A, B, C 여러 기회들 중에 내가 좋아하고 내가 잘할 수 있는 것을 선택했고, 선택한 다음에 도전을 현재진행형으로 하고 있다. 물론 도전을 하는데 많은 에너지가 소모된다.

다시 한 번 생각해 보자. 내 주변 때문에 나 자신 때문에 속상해하고 아파하고 좌절하고 낙망하는데 엄청난 에너지가 소모된다. 시련과 고난의 운명에 사로잡혀 사는 데도 몸과 마음이 상할 정도로 많은 에너지가 소모되고, 그 운명을 이겨 먹기 위해 도전하는 데도 많은 에너지가 소모된다. 그러면 내 운명은 왜 이 모양인가, 내 인생은 왜 이 모양인가 하면서 자기 비하를 하고 한탄하고 불평하고 원망하고 좌절하고 절망하는데 에너지를 쏟아붓는 게 낫는가, 시련과 고난으로 가득한 내 운명을 이기는 데 에너지를 쏟아붓는 게 낫는가? 나는 내 운명에 지는 데 에너지를 쏟아붓는 것보다 내 운명을 이기는 데 에너지를 쏟아붓는 게 내 인생에 이득이라고 생각한다. 그렇지 않은가?

'작심삼일'이라는 말이 있다. 이게 좋은 말인가, 안 좋은 말인가? 작심삼일이라는 말은 좋은 말이기도 하고 안 좋은 말이기도 하다. 딱 삼 일 만 하고 그 뒤로는 쳐다보지도 않는 사람에겐 작심삼일이라는 말은 안 좋은 말이다. 그러나 작심삼일이 좋은 말이 되게 하는 사람이 있다. 그런 사람은 어떤 사람일까? 작심삼일을 무한 반복하는 사람이다. 누가 딱 삼 일 도전하고 멈추었다고 하자. 그럼 다시 삼 일 도전하고 또 멈추고, 다시 또 삼 일 도전한다. 그러면 그 사람은 어느 순간 쉼 없이 도전하는 사람이 되는 것이다. 그런 사람에겐 도전이 루틴이 된다. 그런 사람은 작심삼일이라는 말을 좋은 말이 되게 하는 것이다.

현재 우리의 삶이 고달픈 것에 대해 너무 낯설어하지 말고 너무 속상해하지 말고 너무 힘들어하지 말아야 한다. 내가 고달픈 만큼 남도 고달픈 것이다. 그런데 자칭 예수님을 잘 믿는다고 하고 믿음이 좋다고 하는 사람들이 나름 좋은 뜻을 가지고 남의 고달픔을 덜어준다고 하면서 정작 자신의 고달픔을 이기지 못해 주저앉는 사람들이 있다. 그러면서 자신의 실족을 누구누구 탓으로 돌린다. 다 부질없는 변명이다.

숨 쉬는 한, 희망이 있다!

이제는 우리가 남 좋게 한다, 남 도와준다, 남을 가르친다고 하기 전에 내가 나의 고달픔을 내가 예수님을 믿는 믿음으로 이겨 내는 모습을 보여 줄 수 있어야 한다. 사람들이 볼 때, 저 사람은 예수님을 믿으니까 저렇게 고달픈 삶을 이겨 내는구나. 나도 저 사람이 믿는 예수님을 믿으면 이 고달픔을 이겨 낼 수 있겠구나 그렇게 생각하게 해야 한다.

이를 위해 나의 운명은 시련과 고난의 연속임을 정직하게 받아들이고, 그 운명을 예수님을 믿는 믿음에서 나오는 힘으로 온몸을 던져 사랑해야 한다. 내 운명을 사랑하기에 내 안에 있는 생명의 에너지를 나를 학대하고 나를 패배자가 되게 하는 데 사용하는 것이 아니라, 나를 사랑하고 나를 행복하게 하고 나를 승리자가 되게 하는 데 아낌없이 쏟아부어야 한다.

이를 위해 내 자신이 극복해야 하는 것은 무엇인가? 그 극복을 위해 남의 도움을 구하기 전에 우리 자신이 해야 하는 것과 우리 자신이 할 수 있는 것은 무엇인가? 우리는 신앙 안에서 우리는 도전할 기회들을 우리 스스로 찾아야 한다. 기회들을 찾는 자는 기회들을 발견하게 된다. 기회들을 발견하면 그 기회들 중 믿음의 선택을 해야 한다. 그런 다음 예수님을 믿는 믿음으로 예수님을 행복하게 하고 여러분 자신을 행복하게 하고 내가 사는 세상을 행복하게 할 도전을 해야 한다. 그럴 용기를 내야 한다.

Dum spirom spero!
Nothing is impossible!
Just do it!

숨 쉬는 한, 희망이 있다!
불가능한 것은 없다!
바로 그것을 하라!

나는 이런 말들을 끊임없이 속으로 되뇌이면서 나만의 구호를 만들어 냈다.

힘이 들어도 여유만만,
일이 안 풀려도 희희낙락,
고난을 당해도 위풍당당,
사시사철 으랏차차!

나는 이 구호를 외치면서 어제도 도전했고, 오늘도 도전하고, 내일도 도전할 것이다. 으랏차차!

12

인생을 걸 용기

4 또 여호와를 기뻐하라 그가 네 마음의 소원을 네게 이루어 주시리로다

5 네 길을 여호와께 맡기라 그를 의지하면 그가 이루시고

6 네 의를 빛 같이 나타내시며 네 공의를 정오의 빛 같이 하시리로다

시편 37장 4~6절

신앙인들이 자칫 자기도 모르게 큰 실수하기 쉬운 게 있다. 자기의 소원이 우상이 될 수도 있다는 것이다. 그리고 주님을 자기의 소원 성취를 위한 수단으로 삼을 수 있다는 것이다. 그런 사람이 내는 신앙의 열심은 헛수고가 될 확률이 높다. 나의 소원이 이루어지느냐 마느냐, 내가 태양처럼 뜨게 되느냐 마느냐 하는 것은 철저하게 하나님 소관이다.

내가 해야 할 것은 성령을 의지해서 여호와 하나님께 내 인생을 거는 것이다. 그러고는 내 소원이 요구하는 삶에 몰입하는 것이다. 그것에 수반되는 고통과 고난이 따를지라도 몰입하는 것이다. 그런 사람은 배가 고파도 행복을 경험하고, 고통과 고난 가운데서도 행복을 경험한다. 실패했을 때도 행복을 경험하고 성공했을 때도 행복을 경험한다.

_본문 중에서

오늘도 무사히

옛날 시골집 벽에 액자 하나가 걸려 있었는데, 그 액자에는 예쁜 외국 소녀가 두 손을 가지런히 모으고 기도하는 그림이 있고 그 옆에 '오늘도 무사히!'라는 문구가 새겨져 있었다. 내가 초등학교 시절이었으니까 아마도 1970년대 중반 무렵이었던 것 같다. 그 당시 사람들에게는 정말 오늘 하루가 무사하면 감사했던 시절이었을 것이다.

요즘은 어떤지 잘 모르겠지만, 옛날 기준으로 우리나라 각 지역에서 어느 지역 사람들이 마음을 가장 잘 열지 않을까? 서울 사람이 아니고 서울을 둘러싸고 있는 경기도 사람들이라고 한다. 왜 그런 말이 나왔을까?

조선 시대 때, 경기도 지역 사람들이 수탈을 많이 당했다고 한다. 좋은 것들은 다 임금님께 바쳐야 한다고 하면서 탐관오리들이 수탈을 많이 했던 것이다. 그래서 농부들이 가을에 추수해서 쌀가마를 창고에 숨겨 두었는데, 누가 '올해 농사 잘 됐어요?' 하고 물으면, '아이구, 올해 영 시원찮네요. 쌀 댓 가마밖에 수확하지 못했어요.' 라고 했단다. 그런데 창고를 열어 보면 창고에 쌀이 가득 쌓여 있다는 것이다. 그런데 '댓 가마밖에 수확 못했어요.'라고 했던 이유는 수확을 많이 했다고 하면 수탈당할 것이 뻔했기 때문이라고 한다.

또 일제 시대나 해방 후, 그리고 6.25전쟁 전후에 내 편이냐 네 편이냐 하면서 서로 잡아 죽이지 못해 안달을 낼 때, 서울의 똑똑한 사람들이 위험을 감지하면 경기도 주변 산골 오지로 숨어들었다고 한다. 그 와중에 자연히 낯선 사람들에겐 마음을 잘 안 열어 주게 되고, 자기 속마음을 드러내지 않는 것이 습관이 되었다고 한다.

그런데 어쩌면 이제 우리는 다시 집에 '오늘도 무사히'라는 그 소박한 문구가 새겨진 액자를 걸어 놓아야 되지 않을까 하는 생각이 들 정도로 험한 세상이 되었다. 우리는 언제 어디서 눈에 보이지 않는 바이러스로부터, 자연재해로부터, 또 각종 사건 사고로부터 우리가 해를 당하게 될지 알 수 없는 위험한 사회에서 살고 있다.

우리가 왜 지도자를 뽑으며, 그 지도자들에게 많은 특권을 허용하는 이유가 무엇인가? 나라와 국민 잘 지키라고, 국민 안심하고 살 수 있게 하라고 지도자로 세우고 특권을 누리게 하는 것 아니겠는가? 그런데 지도자들은 막상 책임을 져야 할 상황이 발생하면 나 몰라라 하거나 힘없는 아래 사람에게 책임을 전가하는 모습을 보여 주고 있다. 그 와중에 사람들 사이에 어떤 말이 유행하고 있나? '한 방에 훅 간다.'라는 말과 '각자도생'이라는 말이 유행하고 있다. 참 무서운 세상이 되었다. 이제 다시 집집마다 거실 벽에 '오늘도 무사히' 라는 액자를 걸어야 하나 하는 생각을 하게 된다.

인생을 걸 용기

사람이 낼 수 있는 최악의 용기는 어떤 용기일까? 바로 죽을 용기이다. 사람 안에 있는 죽고 싶은 욕구가 살고 싶은 욕구를 강하게 눌러 이길 때, 그 사람은 죽을 용기를 내게 된다. 그러나 그건 자기 자신을 가장 완벽하게 패배시키는 최악의 용기이다.

그러면 사람이 낼 수 있는 최고의 용기는 어떤 용기일까? 살 용기이다. 사람 안에 있는 살고 싶은 욕구가 죽고 싶은 욕구를 강하게 눌러 이길 때, 그 사람은 살 용기를 내게 된다. 그 용기는 자기 자신을 가장 완벽하게 승리하게 하는 최고의 용기인 것이다.

예수 그리스도를 믿는 기독교는 생명의 종교이다. 사람이 예수 그리스도를 믿으면, 예수 그리스도는 성령으로 역사하셔서 그 사람 안에 들어오신다. 성령은 그 사람 속에서 역사하여 부정의 에너지를 긍정의 에너지로 전환시키시고, 슬픔을 기쁨으로 전환시키시고, 고난을 축복으로 전환시키시고, 원망을 감사로 전환시키신다.

최종적으로는 예수 그리스도를 믿는 사람으로 하여금 죽음을 이

긴 위대한 승리자가 되어 영원한 생명을 누리게 하신다. 예수 그리스도를 믿어 영원한 생명을 얻은 사람에게 요구되는 용기가 있다. 그 용기는 예수 그리스도께 인생을 걸 용기이다.

몰입(flow)

사람이 자신의 인생을 걸 만한 그 무엇이 있다면, 나는 그 사람은 분명 행복한 사람이라고 생각한다. 미국 시카고대학교에 칙센트 미하이라는 심리학 교수가 있었는데, 그는 '몰입(flow)'을 행복이라고 했다. 공부에 몰입을 하건 일에 몰입을 하건 무엇에 몰입을 하건 사람은 몰입하고 있을 때가 행복한 상태라고 했다. 그러면 누가 몰입할 수 있는가? 그 무엇인가에 인생을 건 사람이 몰입할 수 있다. 그 사람은 인생을 걸고 몰입해서 맺은 결과 때문에 행복한 것이 아니라 몰입을 하고 있는 그 순간이 행복한 것이다.

결과를 통해 행복을 얻으려고 하는 사람들이 있다. 나는 결과를 통해 행복을 얻으려고 하는 사람은 평생 행복을 누리지 못하거나 누리더라도 짧은 시간밖에 누리지 못한다고 생각한다. 왜 그럴까? 결과가 주는 행복감은 그 효과가 금방 떨어지기 때문이다. 그러나 자신에게 주어진 생명이 다하기까지 무엇엔가 몰입할 수 있다면, 그 몰입하는 내내 행복할 것이다.

다윗은 우리에게 두 가지를 권하고 있다. 첫째는 "여호와를 기뻐하라"는 것이고, 둘째는 "네 길을 여호와께 맡기라"는 것이다. 나는 신학대학원 마지막 학기 무렵 이 두 말씀을 묵상하면서 '인생을 걸 용기'라는 제목을 끌어낼 수 있었다.

우리나라의 젊은 사람들이 '헬조선'이라는 말과 '이생망'이라는 말을 입에 자주 올리기 시작했다. '헬조선'이라는 말의 뜻이 무엇인가? 우리나라가 지옥이라는 뜻이다. '이생망'이라는 말의 뜻은 무엇인가? 이번 생은 망했다는 뜻이다. 나는 그렇게 말하는 사람들에게 돌직구를 던지고 싶다. 언제 사람에게 살 만한 시절이 있었나, 미국에 가서 살면 매일 천국을 경험할 수 있겠나 라고. 지금 여기를 지옥이라고 생각하는 사람은 내일 거기에서도 지옥을 경험하게 된다.

예수 그리스도는 생명이시고, 우리가 그분을 믿으면 그분은 우리 안에 성령으로 역사하셔서 우리 속에 생명의 에너지가 용솟음치게 하신다. 그래서 부정의 에너지를 긍정의 에너지로 바꾸고, 슬픔을 기쁨으로 바꾸고, 고난을 축복으로 바꾸고, 결국엔 죽음의 패배자가 아니라 영원한 생명의 위대한 승리자가 되게 하는 것이다.

그러면 우리가 무엇에 인생을 걸어야 하는가? 우리가 무엇에 몰입을 해야 하는가? 여호와를 기뻐하는 자에게 하나님은 어떻게 해 주신다고 했는가? 하나님께서 마음의 소원을 이루어 주신다고 했다. 나의 길을 여호와께 맡기면 하나님은 어떻게 해 주신다고 했는가? 하나님께서 이루시고 나를 빛나게 해 주신다고 했다. 구미가 확 당기지 않는가?

우리 교회에서 성도들이 돌아가면서 하나님께서 은혜로 주신 말씀을 주보에 소개하는 프로그램을 진행했었다. 나는 아들이 어떤 말씀에 은혜를 받았을까 궁금했는데, 아들은 “네 길을 여호와께 맡기라 그리하면 그가 이루시고”(시편 37:5)라는 말씀을 소개했었다. 나는 아들이 은혜받은 그 말씀을 대하면서 감회가 새로웠다.

왜냐하면, 나는 총신대학교 신학과에 입학했을 때부터 배우자를 위해 기도했었다. 그러면서 옆에 스쳐 지나가는 자매들을 곁눈질로 보면서 이렇게 기도했었다. “주여, 저 자매니이까?” 주님은 응답해 주지 않으셨다. 주님은 내가 신대원 3학년이 될 때까지 응답을 안 해 주시고 침묵하고 계셨다.

내 마음이 너무 피폐해졌다. 그런데 나랑 비슷하게 피폐해진 동기가 있었다. 그 동기가 같이 3일 금식기도를 하자고 했다. 나는 사실 졸업논문도 써야 했기에 금식기도를 할 생각이 없었는데 얼떨결에 같이하게 되었었다. 그때 아들이 은혜받았던 그 말씀에 나도 은혜를 받았었다. 문제는 금식기도가 끝났는데도 주님이 나의 소원을 들어주지 않으셨고, 나를 해같이 빛나게 해 주지도 않으셨다. 그래서 금식기도 하고 상처받을 뻔했다.

그런데 생각지도 않은 날에 생각지도 않은 사람으로부터 아내를 소개받았고, 만난 지 80일 만에 결혼을 해서 지금에 이르고 있다. 나의 아버지는 30대에 돌아가셨는데 나는 아내 때문에 환갑을 맞을 수 있었다. 힘이 빠져 골골한 환갑이 아니라 20대의 아들보다 체력이 더 강한 환갑 청년이 되었다.

신앙인들이 자칫 자기도 모르게 큰 실수하기 쉬운 게 있다. 자기의 소원이 우상이 될 수도 있다는 것이다. 그리고 주님을 자기의 소원 성취를 위한 수단으로 삼을 수 있다는 것이다. 그런 사람이 내는 신앙의 열심은 헛수고가 될 확률이 높다. 나의 소원이 이루어지느냐 마느냐, 내가 태양처럼 뜨게 되느냐 마느냐 하는 것은 철저하게 하나님 소관이다.

내가 해야 할 것은 성령을 의지해서 여호와 하나님께 내 인생을 거는 것이다. 그러고는 내 소원이 요구하는 삶에 몰입하는 것이다. 그것에 수반되는 고통과 고난이 따를지라도 몰입하는 것이다. 그런 사람은 배가 고파도 행복을 경험하고, 고통과 고난 가운데서도 행복을 경험한다. 실패했을 때도 행복을 경험하고 성공했을 때도 행복을 경험한다.

13

바닥을 칠 용기

16 대저 의인은 일곱 번 넘어질지라도 다시 일어나려니와
악인은 재앙으로 말미암아 엎드러지느니라

잠언 24장 16절

바닥 치는 게 무서운 사람에게는 바닥 치는 것이 인생의 재앙으로 받아들여질 것이다. 어쩌면 내가 예수 그리스도를 믿기 때문에 내가 남보다 덜 노력하고도 인생 활짝 풀리기를 원하는 사람은 자신이 바닥을 치게 되면 주님을 믿지 않는 사람보다도 더 바닥 치는 걸 재앙으로 받아들여질 가능성이 있다. 그러나 예수님을 믿기 때문에 바닥을 칠 용기를 내는 사람은 한 번 바닥을 칠 때마다 어제보다 오늘 더 성장하고 성숙한 나를 발견하게 될 것이다. 하나님은 반드시 그 사람을 도와주셔서 그 자신이 자신의 내일을 열게 될 것이다.

_본문 중에서

바닥을 치게 되는 현실

우리 가족과 우리 교회는 연간 600만 원의 예산으로 모교인 총신대학교 후배 학생들을 대상으로 '살렘연구상대회'라는 장학사업을 실시하고 있다. 후배들이 한국 교회 현재 상황을 분석하고 자신이 목회 현장에 나갔을 때 어떤 목회를 할 것인가를 연구하게 하기 위함이다.

나는 대학 다닐 때, 그렇게 한국 교회의 현재를 분석하고 나의 미래목회를 생각하며 연구했었다. 그때의 고민과 연구가 있었기에 30년의 세월을 이겨 낼 수 있었다고 생각한다. 그런 나의 경험이 있었기에 우리 가정과 교회 형편에 연간 600만 원은 큰 금액이지만, 후배들을 위해서라도 한국 교회를 위해서라도 장학사업을 해야겠다는 생각을 하고 4회 대회를 마쳤다.

그동안 한국기독교, 특히 우리 교단은 덩치는 큰데 교회의 사회적 책임을 수행하는데 너무 미약하다는 평가가 많았다. 교회 외적 성장을 위해서는 많은 에너지를 쏟아부으면서도 교회가 서 있는 동네를 행복하게 하고 사회를 행복하게 하는 데는 너무 미약했다는 비판이 교계 안팎에서 있어 왔다. 그 와중에 안 그래도 우리나라가 초고령 사회로 접어들면서 노인 인구가 늘어 가는 대신 출산율이 바닥을 쳐서 인구 절벽이라는 말이 나오고 있는 이때, 교회에 등을 돌리는 젊은 교인들과 청년들이 점점 늘어 가고 있다.

동료 목사들을 만나면 한결같이 말하는 게 성도 연령의 불균형으로 인해 교회 부서를 운영하고 교회를 유지하는 게 너무 어렵다고 한다. 교회의 상황이 이러하니 사회적 책임에 관심을 둘 여력이 없고, 사회구조의 변화상, 교회는 사회적 책임에 동참할 여력이 점점 더 없어질 가능성이 있다.

지금 시대는 기성세대가 열심히 일해서 이루고 쌓은 것을 지키기도 버거운 것 같다. 그러하다 보니 현재의 기성세대는 무엇인가 새로운 도전을 하는 것을 두려워하는 경향이 있다. 그러나 젊은 세대, 특히 기독 청년들은 오늘보다 나은 내일을 열기 위해 꿈을 꾸고 도전을 해야 한다. 특히 지금 시대는 'ESG 경영'의 시대이다. 나는 공공기관이나 민간기업은 말할 것도 없거니와 교회도 개인도 ESG 정신을 실천해야 한다고 생각한다. 왜냐하면 ESG 경영의 다른 말은 사회적 책임이며, 사회적 책임은 기독교 정신이기 때문이다.

7전8기

사람들은 어떤 사람이 4전5기의 모습만 보여 주어도 영웅이라고 한다. 우리나라의 대표적 4전5기 영웅이 있다. 바로 복싱 영웅 홍수환 선수이다. 이렇게 세상은 4전5기의 사람도 영웅이라고 하는데, 하나님의 백성들은 몇 전 몇 기일까? 하나님의 백성들은 일곱 번 넘어져도 좌절하지 않고 일어나는 7전8기의 주인공들이다.

'바닥을 쳤다.' 이 말은 주로 언제 사용하는가? 경제와 관련하여 사용되는 말인데 '경기가 바닥을 쳤다.' 혹은 '주식이 바닥을 쳤다.' 이렇게 말한다. 이 말은 절망의 말이기도 하지만 희망의 말이기도 하다. 이유인즉슨, 경기가 떨어질 만큼 떨어졌기 때문에 이제는 경기가 살아나고, 주식이 떨어질 만큼 떨어졌기 때문에 이제 주식값이 오를 일만 남았다는 의미이기 때문이다. 또 누군가 '나 이제 바닥이야.'라고 하면, 그 말은 그 사람의 인생이 더 이상 떨어질래야 떨어질 수 없는 바닥을 쳤기에 이제 다시 일어설 수 있다는 희망을 가질 수 있는 역설의 말로 해석할 수 있기 때문이다.

여러분의 인생은 좀 어떤가? 여러분의 인생이 지금 바닥으로 떨어졌는가, 기세 좋게 날아오르고 있는 중인가? 어쩌면 늘 바닥을 헤매고 있는 사람은 이런 질문 받는 것 자체가 짜증이 날 수도 있을 것이다. 잠언 15장 13절에는 "마음의 즐거움은 얼굴을 빛나게 하여도 마음의 근심은 심령을 상하게 하느니라"고 했다. 잠언 18장 14절에서는 "사람의 심령은 그의 병을 능히 이기려니와 심령이 상하면 그것을 누가 일으키겠느냐"라고 했다.

얼마 전에 우리 센터에 파킨슨병으로 요양 등급을 받으신 풍채가 좋으신 할아버지 한 분이 오셔서 요양 서비스를 받으신 적이 있다. 그분은 저녁 식사까지 하고 집에 가시는데, 한 번은 저녁 식사 시간에 국그릇을 엎어 버리셨다. 식사에 불만이 있으셨기 때문이 아니라 저녁에 집에 가서 할머니가 정성껏 차려 주시는 저녁 밥상을 받고 싶은데 센터에서 저녁 식사를 하고 가시면 할머니가 당신을 안 챙겨 주신다는 것이다. 그래서 화가 나서 국그릇을 엎어 버리신 것이다.

직원이 할머니께 그 사실을 전해 드렸더니 할머니가 이렇게 말씀하셨다고 한다. '나는 영감이 한 시간이라도 늦게 오는 게 좋아요.' 그 할아버지는 몸이 비대하시기 때문에 아침에 혼자 일어나지 못하셔서 침대 옆에 봉을 두 개 세워 놓았는데, 그 봉을 잡고서도 잘 일어나지 못하신다. 할머니는 체구가 작으신데, 그 작은 체구로 할아버지를 돌봐 드리시느라 할머니의 몸과 마음도 병이 나신 상태였다. 그러다 보니 할아버지에게 짜증을 내시기도 한다고 했다.

나는 지금 그 두 분을 비판하고자 하는 것이 아니다. 이 두 분 사례에 대해 여러분은 어떤 생각이 드는가? 나는 두 분 다 이해가 된다. 내가 그 할아버지라면, 나 역시 저녁밥은 집에 가서 아내가 차려 주는 밥상을 받고 싶고, 저녁을 안 차려 주면 나도 화가 날 것 같다. 반대로, 할머니는 몇 년 동안 체구가 크신 할아버지의 병수발을 들어 주시느라 몸이 병들고 마음이 지치셨다. 그러니 할아버지가 센터에서 저녁 식사도 하시고 한 시간이라도 늦게 오시는 게 좋은 것이다.

어떤 사람은 '할아버지가 어떻게 그래? 할머니가 어떻게 그래?'라고 생각할 수도 있을 것이다. 그런데 우리 부부가 어르신들을 모시면서 깨달은 게 있다. 사람은 신분과 지위에 상관없이 늙고 병들면 그냥 똑같은 사람이 된다는 것이다. 그래서 나는 직원에게 이런 조언을 해 주었다. 할아버지 앞에서도 그 상한 마음을 공감해 드리고, 할머니 앞에 가서도 그 상한 마음을 공감해 드리라고.

바닥을 칠 용기

혹시 여러분은 나이가 많건 적건 간에 인생 바닥을 쳐 보았는가? '아뇨, 전 바닥을 쳐 보지 않았는데요. 저 매일매일 쌩쌩한대요.' 이런 상태인가? 그렇다면 여러분은 정말 복 있는 사람이다. 그런데 만약 바닥에 곤두박질친 아픔을 경험했거나 지금 하고 있다면, 그때 얼마나 많이 힘들었고 지금 얼마나 힘이 드는가!

나는 바닥을 치는데 명수였다. 육체적으로도 정신적으로도 바닥을 치는데 명수였다. 나는 매주 설교 시작 전에 '힘이 들어도 여유만만, 일이 안 풀려도 희희낙락, 고난을 당해도 위풍당당, 사시사철 으랏차차!'를 외친다. 이 구호는 내가 나를 위해 만든 구호이다. 바닥을 칠 때마다 너무 아프고 괴롭고, 그 아프고 괴로운 마음 붙들고 있으려니 더 죽을 것 같고, 그래서 그걸 이겨 내고자 만든 구호이다.

내가 그렇게 바닥치기 명수의 삶을 살아오다 보니 바닥을 치는 게 얼마나 아프고 고통스러운지 잘 안다. 그런데 내가 바닥을 쳐서 아플 때 사람을 의지하니 더 바닥을 치게 되는 것을 경험했다. 바닥 친 나를 걱정하고 위로해 주는데 그 말과 그 눈빛 속에서 '나는 너와 같지 않아. 나는 너처럼 그렇게 못나지 않았어.' 이런 느낌이 들면서 더 바닥을 치는 기분이 되었다. 물론 그 사람의 진심은 그렇지 않은데, 괜한 나의 자격지심 때문이었을 수 있다.

그런데 사람이 바닥을 치면 자격지심이 생길 수밖에 없다. 상대방의 대수롭지 않은 말 한 마디 한 마디에 내상이 더 깊어질 수 있다. 그래서 나는 내가 바닥을 친 고통과 아픔을 이겨 내기 위해 여유만만 희희낙락 위풍당당 으랏차차라는 구호를 만든 것이다. 허구한 날 그렇게 구호를 외치니 진짜 그렇게 살게 된다는 것을 경험하고 있다. 내가 바닥을 쳤을 때, 그렇게 내가 나 자신을 위해 만든 구호를 외치니까 다시 일어설 힘이 생겼고, 힘을 내니 그 이전에 바닥을 쳤을 때보다 조금 더 성장한 나를 발견하게 될 수 있었다. 알고 보니 그게 바로 7전8기 정신이었다. 그게 다 하나님의 은혜였다.

바닥 치는 게 무서운 사람에게는 바닥 치는 것이 인생의 재앙으로 받아들여질 것이다. 어쩌면 내가 예수 그리스도를 믿기 때문에 내가 남보다 덜 노력하고도 인생 활짝 풀리기를 원하는 사람은 자신이 바닥을 치게 되면 주님을 믿지 않는 사람보다도 더 바닥 치는 걸 재앙으로 받아들여질 가능성이 있다. 그러나 예수님을 믿기 때문에 바닥을 칠 용기를 내는 사람은 한 번 바닥을 칠 때마다 어제보다 오늘 더 성장하고 성숙한 나를 발견하게 될 것이다. 하나님은 반드시 그 사람을 도와주셔서 그 자신이 자신의 내일을 열게 될 것이다.

14

버릴 수 있는 용기

28 수고하고 무거운 짐 진 자들아 다 내게로 오라 내가 너희를 쉬게 하리라

29 나는 마음이 온유하고 겸손하니 나의 멍에를 메고 내게 배우라 그리하면 너희 마음이 쉼을 얻으리니

30 이는 내 멍에는 쉽고 내 짐은 가벼움이라 하시니라

마태복음 11장 28~30절

이런 사람들이 있다. 내가 원하지 않았지만 어쩔 수 없이 하게 된 불행 경험, 그 불행 경험이 주는 감정을 버리지 못하고 가슴속 깊이 쌓아 두고 주기적으로 끄집어내어 서러워하고 아파하고 분노하는 사람들이 있다. 그런 사람들에게 필요한 것은 영적 혹은 심리적 몰핀(morphine)이 아니라 자신의 부정적 감정을 버릴 수 있는 용기가 필요하다. 그 용기를 내었더니 이렇게도 삶이 행복한 것을!

_본문 중에서

아픈 사회, 아픈 교회

우리나라의 수많은 동네들 중 정신과 치료비를 가장 많이 사용하는 동네가 어디일까? 건강보험공단의 자료에 따르면 육체적 노동을 많이 하는 경제력이 약한 사람들이 사는 동네는 근골격계와 같은 육체적 질환치료에 치료비를 많이 사용하는 반면, 정신적 노동을 많이 하는 경제력이 큰 동네 사람들이 정신과 치료비를 훨씬 더 많이 사용한다고 한다. 그런데 아이러니한 것은 서울의 강남이나 서초, 경기도 성남시의 분당 지역에 대형 교회들이 거의 다 몰려 있다는 것이다.

부자들이 많이 사는 동네에, 큰 교회들이 몰려 있는 동네에 정신과 치료를 필요로 하는 사람들이 많이 산다는 것, 이것을 어떻게 해석해야 할까? 그런데 참으로 안타까운 것은 이제는 부자 동네나 가난한 동네 가리지 않고 정신이 아프고 마음이 아픈 사람들이 점점 많아지고 있다는 사실이다. 이런 상황에서 교회들은 그 아픈 사람들을 품어 주고 치유해 줄 역량이 부족하다는 것이 한국 교회의 슬픈 현실이다.

1970~1980년대는 한국 교회 부흥의 절정기였다. 부흥회도 많이 열렸다. 1990년대 들어와서는 선교 열풍이 불었다. 웬만한 교회 청년부는 다 단기선교를 갔다. 나는 1989년부터 1995년까지 신학대학과 신학대학원을 다녔다. 그 시기는 부흥회 열기가 조금씩 식어가고 선교의 불길이 마구 타오르기 시작하던 시기였다. 그런데 내가 1993년에 신대원에 진학하고 나서 조금씩 상담이라는 용어, 치유라는 용어들이 사용되기 시작했다. 신학생들 중에도 상담목회나 치유목회에 관심을 두는 사람들이 생겨나기 시작했다. 왜냐하면, 그때부터 정신적 심리적 위기를 겪는 목회자 가정이나 성도 가정들이 생겨나기 시작했기 때문이다.

그로부터 30여 년의 세월이 흐르는 동안에 이젠 세상도 중병이 들어가고 있고, 교회도 중병이 들어가고 있다. 예전에는 의료계에 외과의사가 인기가 있었지만, 이제는 정신과 의사가 인기를 얻고 있다고 한다. 나는 이런 문제를 인식하면서 예수님의 십자가의 능력이 그 어느 때보다 절실하게 필요하다는 생각을 한다.

예수 구원, 그러나 아픈 우리

예수님은 "수고하고 무거운 짐 진 자들아 다 내게로 오라 내가 너희를 쉬게 하리라"(마태복음 11:28)고 하셨다. 예수님은 십자가에 못 박혀 죽으시고 부활하심으로 이 약속을 이루셨다. 문제는 우리들이다. 예수님은 분명히 십자가와 부활을 통해 우리에게 구원과 안식을 주셨는데, 우리는 그 안식을 누리지 못하고 아파한단 말이다. 왜 그럴까? 나는 우리의 죄 짐을 대신 져 주시고 구원해 주신 예수님을 믿는 우리가 정작 우리의 무거운 짐을 버리지 못하고 있기 때문이라고 생각한다.

오늘날 우리는 너나없이 생활고를 겪고 있다. 옛 속담에 천석지기는 천 가지 고민이 있고, 만석지기는 만 가지 고민이 있다고 한다. 즉, 가난하건 부자 건 간에 너나없이 다 생활고가 있는 것이다. 그런데 생활고라는 것은 우리를 참 힘들게 한다. 하지만, 생활고는 우리가 죽을 때까지 안고 가야 한다. 이것이 우리 인간의 운명이다.

인간은 운명적으로 생활고를 안고 살아야 하는 존재이다. 그런데 생활고를 해결하기 위해 예수님을 믿는다고 하면, 그것은 답이 없다. 월세 사는 사람은 그 나름대로, 전세 사는 사람은 또 그 나름대로, 자기 집에 사는 사람은 또 그 나름대로 생활고가 있는 것이다. 따라서 예수님을 믿는 사람들은 믿음으로 생활고를 이겨 나가야 하는 것이다. 믿음이란 고난을 없애 주는 것이 아니라, 고난을 이겨 내게 하는 것이다.

그런데 인간에게는 육체적 생활고보다 더 큰 고통을 안겨 주는 것이 바로 마음의 병이 주는 고통이다. 그 고통을, 그 아픔을 치유하려면 어떻게 해야 할까? '주님, 흑흑흑… 저 너무 아파요. 주님, 저 아프지 않게 해 주세요.' 이렇게 기도하면 될까? 물론, 우리가 그렇게 기도하면 우리 주님이 '아유~, 저 불쌍한 것… 어쩌면 좋아 어쩌면 좋아. 그래그래, 토닥토닥 쓰담쓰담'해 주신다. 목사들은 이렇게 설교하는데 익숙하고, 성도들은 그런 설교 듣는데 익숙하다. 목사가 그렇게 설교하면, '목사님, 오늘 말씀에 은혜 많이 받았어요.'라고 하는 성도들도 있다.

부정적 감정을 버릴 수 있는 용기

좀 매정하게 말하겠다. 우리는 십자가의 능력을 의지하여 우리의 마음을 아프게 하는 것들을 버릴 수 있는 용기를 낼 수 있어야 한다. 내 안의 섭섭함과 미움도, 내 안의 불평과 원망도, 내 안의 억울함과 분노도 버릴 수 있는 용기를 내어야 한다. 내가 내 마음속에 섭섭함과 미움, 불평과 원망, 억울함과 분노를 끌어안고 있으니 그것들이 때로는 깊은 밤에도 때로는 열심히 일하는 중에도 툭툭 튀어나와 나를 아프게 하는 것이다. 누가 나를 아프게 하는 것이 아니라, 내 안의 감정들이 나를 아프게 하는 것이다.

우리의 인생은 아파하며 살기엔 삶의 시간들이 너무 아깝다. 하나님의 백성들이 살아가는 삶의 목적이 무엇인가? 첫째는 하나님을 영화롭게 하고, 둘째는 하나님을 영원토록 즐거워하는 것이다. 우리에게 주어진 삶의 시간은 하나님을 영화롭게 하고 하나님을 즐거워하기에도 부족하다. 그러하기에 우리는 십자가의 능력으로 나를 아프게 하는 것들을 버릴 수 있는 용기를 내야 한다. 우리가 그것들을 버릴 수 있는 용기를 내면, 하나님을 영화롭게 하고 하나님을 즐거워하는 삶이 열리는 것이다.

이 글에 조금이라도 공감이 된다면, 오늘 저녁에 잠들기 전에 노트에다가 나를 아프게 하는 것들을 하나하나 써 보기 바란다. 노파심에서 하는 말이지만, 나의 원수는 누구, 내가 복수해야 할 사람은 누구 이렇게 쓰면 안 된다. 그냥 내 안의 아픈 감정, 슬픈 감정, 분노의 감정들을 나열해 보라. 그리고 충분히 아픈 감정, 슬픈 감정, 분노의 감정을 느끼라. 그런 다음에 예수의 이름으로 그런 감정들에게 이별을 고하고 그 노트를 갈기갈기 찢어 버리라. 그래도 속이 풀리지 않으면, 갈기갈기 찢은 노트 조각들을 바닥에 뿌려 놓고 마구마구 짓밟아 버려라.

나의 아픔, 나의 용기

나에게는 어리고 어린 나를 거두지 않으시고 스스로 세상을 등지신 아버지와 그 어린 나를 버린 어머니에 대한 원망과 분노가 마음 깊숙이 자리 잡고 있었다. 물론 나는 목사가 되고 나서 그 최악의 경험을 다 극복한 사람처럼 살았다. 그러나 그것은 그냥 불행을 믿음으로 극복한 사람처럼 살았던 것이다. 정말 다 극복한 사람이 된 것이 아니라 다 극복한 사람처럼 살았던 것이다.

또한 나에게는 '못난이 콤플렉스'가 있었다. 나는 그 지독한 열등의식을 감추기 위해 '있는 척'과 '잘난 척'을 하며 살았다. 그 와중에 워크홀릭(workholic) 환자가 되었다. 나는 내 스스로 다른 사람보다 한두 가지는 더 잘한다고 생각한다. 주변 사람들도 대체로 그것을 인정해 준다. 그러나 나는 내 자신을 학대하는 콤플렉스 환자였고 일중독 환자였다.

감사하게도, 나는 하나님의 은혜로 내 안의 나의 병리적 감정들을 버릴 수 있는 용기를 낼 수 있게 되었다. 그것은 내가 스물두 살 때 겨울의 깊은 밤에 예수님을 구세주로 영접하고 거듭남을 경험했을 때 받았던 감동에 비견할 만큼의 감동이었다. 비로소 나는 '나'로 살 수 있게 되었다.

나는 옛날에도 하루하루가 살기 힘들었고, 지금도 여전히 하루하루의 삶이 버겁다. 앞으로도 내게 주어진 삶을 살아 내는 것을 버거워할 것이다. 또한 내가 힘든 만큼 다른 사람들도 힘들 것이다.

내가 대학 다닐 때, 부러운 친구가 두 명 있었다. 한 친구는 나보다 훨씬 더 미남인데다가 공부도 잘했다. 게다가 신학과 학생으로는 유일하게 자가용을 몰고 학교를 다녔다. 나는 그 친구가 부러우면서도 질투가 났다. 다른 친구 역시 나보다 더 미남이었고 모든 면에서 안정감이 있었다. 게다가 예쁜 여친까지 있었다. 나는 그 친구에 대해서도 부러움과 질투심을 느꼈다.

그런데 나중에 안 사실이지만 앞의 친구는 내가 겪고 있지 않는 가정의 불행을 겪고 있었다. 그때 나는 친구의 현재의 불행에서 조금은 달콤한 위로를 받았었다. '너의 기쁨은 나의 슬픔이요, 너의 슬픔은 나의 기쁨이다.'라는 말이 왜 생겨났는지를 알 수 있었다. 많은 세월이 지나 다른 친구를 만났을 때, 그 친구가 이런 고백을 했었다. 대학 4학년 여름방학 어느 날 밤 자신은 캠퍼스에서 자살할 생각을 했었다고. 나는 당시 그 친구를 부러워하고 질투하기만 했지 그런 내적 아픔을 겪고 있는 줄 꿈에도 몰랐었다.

그래, 이 세상에서 살아가는 사람들은 그렇게 아파하며 살아간다.

그게 나의 운명적 삶이고 너의 운명적 삶이다. 따라서 왜 나만 이렇게 힘드냐고 억울해할 필요도 없고 원망도 할 필요도 없고 서러워할 필요도 없다. 인생이 그렇게 힘들다는 것을 수용해야 하고 이겨 내야 한다. 정작 내가 경계하고 극복해야 하는 것이 있다. 내가 내 안의 부정적 감정에 노예가 되어 나 스스로를 힘들게 하는 것이다.

이런 사람들이 있다. 내가 원하지 않았지만 어쩔 수 없이 하게 된 불행 경험, 그 불행 경험이 주는 감정을 버리지 못하고 가슴속 깊이 쌓아 두고 주기적으로 끄집어내어 서러워하고 아파하고 분노하는 사람들이 있다. 그런 사람들에게 필요한 것은 영적 혹은 심리적 몰핀(morphine)이 아니라 자신의 부정적 감정을 버릴 수 있는 용기가 필요하다. 그 용기를 내었더니 이렇게도 삶이 행복한 것을!

15
대가를 치를 용기

44 천국은 마치 밭에 감추인 보화와 같으니 사람이 이를 발견한 후 숨겨 두고 기뻐하며 돌아가서 자기의 소유를 다 팔아 그 밭을 사느니라

45 또 천국은 마치 좋은 진주를 구하는 장사와 같으니

46 극히 값진 진주 하나를 발견하매 가서 자기의 소유를 다 팔아 그 진주를 사느니라

마태복음 13장 44~46절

40여 년의 세월이 흐르고 있는 지금, 나는 나의 보화 영역에서 나름 전문성을 인정받고 있다. 그런데 쉽지가 않았었다. 보화를 찾고 얻는 데는 그 보화에 걸맞는 대가가 요구되었었다. 감사하게도, 나는 하나님의 은혜로 대가를 치를 용기를 낼 수 있었다. 처음엔 대가를 치르는 그 과정이 너무 고통스럽게 생각되었는데, 돌아보면 내가 그 대가를 치를 용기를 낼 수 있었기에 오늘의 내가 존재할 수 있고, 이 글을 읽는 독자들에게 당당히 신앙 안에서 보화를 찾고 그 보화를 얻고 누리기 위해 대가를 치를 용기를 내라고 말할 수 있는 것이다.

_본문 중에서

'나'에게 보내는 박수

서울 반포의 한 아파트 재활용 분리수거장에서 골드바, 즉 금괴가 세 개나 발견된 일이 있었다. 아파트 경비원이 재활용 분리수거를 하다가 CD케이스에 넣어져 있는 것을 발견했다는데, 그 소식이 알려지자 많은 사람들이 '우와~ 역시 부자 동네 사람들은 금도 쓰레기로 버리네. 이제부터 그 아파트 쓰레기 분리수거장 뒤지고 다녀야겠네.' 하면서 부러워했다고 한다. 그 금덩이의 주인은 70대 할아버지인데 금덩이를 CD케이스에 넣어 보관하고 있다가 실수로 갖다 버렸다고 한다.

그런데 며칠 지나지 않아 이번엔 울산의 한 아파트 화단에 검은 쓰레기봉투에 든 돈다발이 발견되었다. 그 쓰레기봉투에 든 돈이 자그마치 5천만 원이었다고 한다. 그게 다가 아니었다. 이틀 뒤에는 같은 화단에서 이번에는 2천 5백만 원이 들어 있는 쓰레기봉투가 발견되었다. 그 뉴스를 본 사람들은 또 놀라면서 대체 그 돈 주인이 누굴까 궁금해했다고 한다. 알고 보니 그 돈 주인은 80대 할아버진데, 그 많은 돈을 왜 화단에 두었는지 모르신다고 하셨다.

어르신 중엔 젊었을 적 많이 배우지는 못해도 부지런히 일해서 돈을 많이 벌기는 했지만, 일하는 법은 배워도 노는 법은 배우지 못해 돈이 있어도 놀지 못하시는 분들이 많이 계신다. 그런데 MZ세대는 부모들보다 많이 배워 똑똑하기는 하지만 어른들보다 더 가난한 세대이다. 그래서 MZ세대를 '부모보다 가난한 첫 세대'라고 한다.

그런데 같은 MZ세대라 할지라도 상위 20%와 하위 20%는 격차가 무려 35배나 된다고 하며, 이 격차를 줄이기란 현실적으로 거의 불가능에 가깝다고 한다. 옛날에는 아무리 못 배워도 본인이 부지런하면 일할 수 있는 곳이 많아 돈을 많이 벌 수 있었는데, 지금은 아무리 많이 배우고 실력이 있어도 돈을 많이 벌 수 있는 일자리를 찾기가 하늘의 별따기이다.

그럼에도 불구하고 대부분의 사람들은 삶의 현장에서 열심히 산다. 비록 집에 금덩이가 없어도, 화단에 둘 돈다발이 없어도 좌절하지 않고 절망하지 않고 열심히 산다. 그 주인공이 바로 나라면, 나는 나 자신을 위해 아낌없이 박수를 쳐 주어야 한다.

천국과 보화

많은 사람들은 천국을 공간개념으로 이해하는 경향이 있다. 물론 일차적으로 천국과 지옥은 공간개념으로 이해하는 것이 전통적이다. 그런데 예수님은 천국에 대해 매우 다양한 비유로 여러 곳에서 말씀하셨는데, 천국을 공간개념으로 말씀하시기보다는 사람과 사물 혹은 상태에 비유하여 말씀하셨다.

예를 든다면, 예수님은 "천국은 마치 밭에 감추인 보화와 같다"(마태복음 13:44)라고 하셨다. 또 "천국은 마치 좋은 진주를 구하는 장사와 같다"(마태복음 13:45)고 하셨다. 즉 지금 여기 살아 있는 사람에게 있어서 천국은 죽으면 가게 되는 공간이 아니라, 그 사람이 가장 가치가 있는 것으로 여기는 "그것"과 가장 가치가 있는 것을 추구하는 "그 사람"이라고 하셨다.

지금 하고 있는 것이 일이건 공부건 취미이건 간에 내가 그것이 나에게 있어 가장 귀한 보배라고 가치 부여가 되면 그게 바로 천국이며, 그 천국을 누리고 있다는 것이다.

그리고 그렇게 가치 부여가 된 그것을 찾는 그 사람이 천국 백성이라는 것이다. 반대로 내가 죽지 못해 그것을 하고, 내 인생을 걸 만한 것을 찾지 못해서 사는 보람도 느끼지 못하고 그저 죽지 못해 하루하루 사는 사람은 지옥 그 자체라고 할 수 있는 것이다.

또 누군가에겐 천국을 경험하고 있는 것이 다른 누군가에는 지옥을 경험하는 것일 수도 있다. 이 말은 이것은 보화고 저것은 그냥 돌덩이다, 이렇게 흑백논리로 판단할 수 없다는 것이다. 그것이 보화다 돌덩이다 라고 하는 것은 각 사람이 스스로 판단하고 가치 부여를 하는 것이다.

문제는 내가 그 어떤 것을 두고 내 인생을 걸 만한 보화라고 어떻게 가치판단을 하느냐는 것이다. 세속적 가치관을 가진 사람은 세속적 욕망을 채우는 것을 인생의 보화로 생각할 것이고, 신앙적 가치관을 가진 사람은 자신을 통해 하나님의 뜻이 이루어지게 하는 것을 인생의 보화로 생각할 것이다.

만약 누군가가 기독교인이라면, 그는 인생을 걸 만한 보화라고 가치 부여를 할 수 있는 것을 결정할 때 하나님의 말씀이 그 자신의 판단 기준이 되어야 하는 것이다. 설령 기도하는 가운데 나의 보화를 결정하게 되었을지라도 자신의 결정을 하나님 말씀에 비추어 봐서 말씀을 통해 확신할 수 있어야 한다.

그런 과정을 통해 가치 부여를 한 보화가 나에겐 천국이 되는 것이고, 그 보화를 추구하는 사람이 천국을 누리는 천국 백성이 되는 것이다. 남 보기엔 생고생을 하는 사람으로, 지옥 같은 삶을 사는 사람으로 보일지라도 신앙적 확신을 통해 영적 가치가 부여된 보화를 가진 사람은 천국을 소유하고 천국을 누리는 천국 백성인 것이다.

대가를 치를 용기

그런 사람은 보화를 얻고 누리기 위한 대가를 치러야 한다. '세상에 공짜는 없다!'는 말이 있다. 그렇다. 정말 세상에는 공짜가 없다. 뿐만 아니라 신앙 세상에도 공짜는 없다!

성경에는 사람이 예수 그리스도를 믿으면, 하나님의 은혜로 구원이라는 선물을 받는다고 한다. 예수 그리스도는 우리를 구원하시기 위해 자신의 몸을 단번에 드리셨다. 이것은 주님이 우리를 구원하시기 위해 목숨이라는 대가를 치르셨다는 말이다. 따라서 우리의 구원은 예수 그리스도께서 세상에서 가장 비싼 대가를 치러 주셨기 때문에 얻은 것이다.

그러면 우리는 이 구원을 얻기 위해 어떤 대가를 치렀을까? 중세시대 타락한 가톨릭에서처럼 돈으로 샀을까? 선한 공을 많이 쌓는 대가를 치러서 얻은 것일까? 우리는 예수님을 믿는 믿음이라는 대가를 치루고 구원을 얻었다.

나는 요즘 믿음이라는 게 참으로 큰 대가라는 생각을 한다. 바울 사도는 "사람이 마음으로 믿어 의에 이르고 입으로 시인하여 구원에 이르느니라"(로마서 10:10)고 했다. 그런데 사람이 예수 그리스도를 마음으로 믿고 입으로 시인하는 것이 쉽지가 않다는 것이다. 만약 주님을 믿는 게 쉽다면, 이미 지구상 모든 사람들이 다 믿었을 것이라고 생각한다. 그러나 주님을 믿는다는 것이 참으로 어렵기 때문에 전도를 받아도 안 받아들이고 안 믿는 것이다. 어떤 사람은 숨이 넘어가는 그 순간에도, 죽음을 두려워하면서도 죽는 그 순간까지도 주님을 영접하지 않는 사람도 있다.

그런 점에서 예수 그리스도를 믿는다는 것은 정말 믿음이라는 큰 대가를 치룬 것이라고 본다. 나는 그것이 하나님의 은혜 중의 은혜라고 생각한다. 여러분이 예수 그리스도를 믿고 있는가? 그렇다면 여러분은 정말 인생에서 가장 큰 대가를 치룬 것이다. 그런 자신에게 힘껏 박수를 쳐 줄 만하다.

그런데 누가 그 구원을 얻기 위해 믿음이라는 큰 대가를 치렀다면, 그에겐 자신의 보화를 찾아 얻고 누리기 위한 대가가 남아 있다. 밭에 천국이라는 보화가 감추어져 있다는 것을 안 사람은 자기의 소유를 다 팔아 그 밭을 산다고 했다. 즉, 보화를 찾고 얻기 위해 자신의 전부를 다 바치는 대가를 치른다는 것이다.

나는 기독교인들의 큰 병폐 중 하나가 공짜 구원 공짜 은혜 공짜 복을 추구하는 것이라고 본다. 많은 사람들을 만나다 보면, 믿는 사람들이 남보다 더 많이 얻고 싶어 하면서도 정작 그 대가는 덜 치르려고 하거나 안 치르려고 하는 경향이 많은 것을 보게 된다. 또 내가 한 작은 수고에는 많은 대가를 받고 싶어 하면서 남이 나를 위해 한 큰 수고에 대한 대가는 인색하게 주려고 하는 경향이 많다.

분명한 것은 보화는 공짜로 주어지지 않는다는 것이다. 공짜 보화를 얻고 누리려고 하는 사람은 자기 자신의 마음속에 지옥이 있고, 자신이 살고 있는 세상과 자신이 하고 있는 일 속에서 지옥을 경험한다. 그러나 보화를 위한 대가를 치를 용기를 내면, 그 용기의 크기만큼 천국을 경험하게 된다.

옛 속담에 '친구 따라 거름 지고 장에 간다.'는 말이 있다. 무슨 뜻인가? 장에 갈 상황이 아닌데도 친구가 장에 가는 게 보기 좋아서 생각 없이 따라간다는 뜻이다. 자신은 준비가 되지 않았는데 남이 하는 게 좋아 보이니까 따라 하고 싶고, 남이 가는 길이 좋아 보이니까 따라서 가고 싶어 한다는 것이다.

예수 그리스도를 믿는 믿음이라는 크나큰 대가를 치른 사람들은 그렇게 싸구려로 살아서는 안 된다. 성경 말씀 안에서 나의 인생을 걸 보화를 찾아야 하고, 그 보화를 얻고 누리기 위한 대가를 치러야 한다. 그러기 위해서는 대가를 치를 용기가 필요한 것이다. 내 인생을 돌아보면, 감사하게도 나는 하나님의 은혜로 보화를 찾았었다. 또 감사하게도 하나님의 은혜로 그 보화를 얻고 누릴 용기를 낼 수 있었다. 아동복지, 노인복지, 음악치료, 시니어 모델, 작가가 나의 목회 철학을 실천할 보화였다.

40여 년의 세월이 흐르고 있는 지금, 나는 나의 보화 영역에서 나름 전문성을 인정받고 있다. 그런데 쉽지가 않았었다. 보화를 찾고 얻는 데는 그 보화에 걸맞는 대가가 요구되었었다. 감사하게도, 나는 하나님의 은혜로 대가를 치를 용기를 낼 수 있었다. 처음엔 대가를 치르는 그 과정이 너무 고통스럽게 생각되었는데, 돌아보면 내가 그 대가를 치를 용기를 낼 수 있었기에 오늘의 내가 존재할 수 있고, 이 글을 읽는 독자들에게 당당히 신앙 안에서 보화를 찾고 그 보화를 얻고 누리기 위해 대가를 치를 용기를 내라고 말할 수 있는 것이다.

16
한계를 뛰어넘은 용기

45 다윗이 블레셋 사람에게 이르되 너는 칼과 창과 단창으로 내게 나아 오거니와 나는 만군의 여호와의 이름 곧 네가 모욕하는 이스라엘 군대의 하나님의 이름으로 네게 나아가노라

46 오늘 여호와께서 너를 내 손에 넘기시리니 내가 너를 쳐서 네 목을 베고 블레셋 군대의 시체를 오늘 공중의 새와 땅의 들짐승에게 주어 온 땅으로 이스라엘에 하나님이 계신 줄 알게 하겠고

47 또 여호와의 구원하심이 칼과 창에 있지 아니함을 이 무리에게 알게 하리라 전쟁은 여호와께 속한 것인즉 그가 너희를 우리 손에 넘기시리라

48 블레셋 사람이 일어나 다윗에게로 마주 가까이 올 때에 다윗이 블레셋 사람을 향하여 빨리 달리며

49 손을 주머니에 넣어 돌을 가지고 물매로 던져 블레셋 사람의 이마를 치매 돌이 그의 이마에 박히니 땅에 엎드러지니라

사무엘상 17장 45~49절

기실, 나의 인생은 나의 한계를 뛰어넘기 위해 몸부림쳐 온 인생이었다. 나의 유소년 시절 별명은 '송충이'였다. 그러하기에 나는 솔잎만 먹고 살아야 했다. 그런 난 초등학교를 졸업하고 열네 살 때부터 공장을 다녔다. 그런 내가 목사가 되고 사회복지사가 되고 음악치료사가 되고 작가가 되고 시니어 모델이 되고 박사가 되었다. 송충이의 한계를 뛰어넘을 용기를 냈기 때문이다. 하나하나 나의 한계를 뛰어넘으면서 깨달은 것은 한계를 뛰어넘을 용기를 내어 도전하면 한계를 뛰어넘게 된다는 것이다. 나의 경험칙이다!

_본문 중에서

직면한 위험

현재 우리는 세 가지 위험에 노출되어 있다. 첫째는 전쟁의 위험이다. 우리나라는 세계 유일의 분단국가이다. 물론 우리나라의 군사력이 북한을 압도적으로 능가하고 있는 것으로 알려져 있지만, 북한은 핵무기를 가지고 있고 게다가 김정은을 비롯한 북한의 군수뇌부는 예측 불허의 집단이다 보니 언제 어떻게 군사도발을 일으킬지 모르는 상황이다. 그래서 우리나라는 항상 전쟁의 위험에 노출되어 있다.

둘째는 안전에 관한 위험이다. 자연의 힘은 군사력으로도 이길 수 없고, 정치력으로도 이길 수 없고, 학문과 과학의 힘으로도 이길 수 없다는 것을 우리는 종종 경험하고 있다. 또 우리는 온갖 폭발물과 함께 살고 있다. 휘발유, 가스는 엄청난 폭발물이다. 게다가 요즘은 배터리가 새로운 위협으로 다가와 있다.

또 어떤 위험이 있을까? '워킹밤(working bomb)'이라는 말이 있는데, '걸어 다니는 폭탄'이라는 뜻이다. 요즘 정신적으로 심각한 문제가 있는 사람, 즉 분노조절 혹은 충동조절장애 환자가 증가하고 있다.

이들은 묻지마 폭행이나 살인을 저지르기도 한다. 20여 년 전만 하더라도 그런 사람은 드물었는데, 요즘은 그런 사람이 너무 많아진 것 같다. 이렇게 우리는 문명의 이기라는 폭탄과 걸어 다니는 폭탄으로부터 우리의 안전을 위협받는 시대를 살고 있다.

세 번째는 바이러스의 위험이다. 우리는 끔찍한 코로나 바이러스를 겪었는데, 최근엔 원숭이두창 바이러스가 전 세계적으로 확산하고 있고, 그래서 현재 WHO가 원숭이두창 경고를 발령한 상태이다. 게다가 요즘은 독감이 또 기승을 부리고 있다. 이렇게 우리는 첨단과학문명이 꽃을 피운 이 시대에 눈에 보이지 않는 바이러스로부터 생명의 안전에 위협을 받고 있는 시대를 살고 있다.

이렇게 사람이 안전에 위협을 받으면 나타나는 현상이 무엇일까? 공포와 불안으로 인해 정신이 병들기 쉽다. 어떤 사람은 우울증으로 나타나고 어떤 사람은 분노조절장애로 나타나기 쉽다. 더 심하게는 정신이 분열되는 조현병에 걸릴 수도 있고, 안타깝게도 그런 사람이 점점 많아지고 있다. 우리는 정신분열증 환자라 하면 일단 경계를 하게 되고 우리 옆에 있는 것을 싫어한다. 내가 사는 동네에 정신질환자를 위한 시설이 들어선다고 하면 동네가 난리가 난다.

여기서 우리가 이해할 것이 있다. 모든 질병이 그렇지만, 정신질환도 유전적인 요인이 있다. 그런데 사람이 신체적으로나 정신적으로 너무 극심한 고통을 겪는 바람에 정신질환이 발생하는 경우도 많다. 예를 들어, 부모로부터 혹은 사회조직에서 사람이 감당하기 힘든 너무 극심한 학대나 괴롭힘을 당할 경우 멘탈이 붕괴되어 정신질환을 앓게 되는 경우도 있다. 그런 경우, 어떤 사람의 멘탈이 붕괴되는 것은 그가 살기 위한 몸부림일 수 있다. 맨정신으로는 도저히 견딜 수 없어서 정신이 나가는 것이다. 정신이 나가면 비록 바보가 되어 살지라도 더 이상 공포와 불안과 분노에 시달리지 않을 수 있기 때문이다.

나는 음악치료사로서 다양한 정신질환자를 만났었다. 일반인들은 정신질환자 하면 일단 겁부터 먹게 되지만, 의외로 정신질환자들은 자신이 품어진다는 것을 본능적으로 느끼면 굉장히 유순해진다. 예를 들어, 치매환자들 같은 경우도 문제행동을 많이 일으킨다. 그러나 자신이 사람들로부터 받아들여지고, 저 사람이 나를 해코지하는 사람이 아니라 나를 도와주는 사람이라는 것을 무의식적으로 느끼면 문제행동이 감소되면서 유순해진다.

불안한 사람들

암튼, 우리는 전쟁의 위험, 사람이 주는 위험, 바이러스가 주는 위험에 노출된 채 살아가고 있다. 그 위험들에 둘러싸여 살아가는 우리는 끊임없이 그 위험들을 이겨 낼 수 있는 내 능력의 한계가 어디까지일까 하는 불안감을 가지고 살아가는 사람들이 많다. 나는 내게 주어진 인생길 끝까지 가고 싶은데 이러다가 내가 그만 정신 줄 놓아 버리고 망가지지 않을까, 내가 사회에서도 싫어버림을 당하고 교회에서도 싫어버림을 당하고 내 삶의 최후의 보루인 가정에서 조차도 싫어버림을 당하지 않을까 라는 불안 속에 살아가는 사람들이 많다.

나는 잘난 맛에 사는 사람이다. 아내가 나에게 이런 말을 했었다. '당신은 재수 없는 스타일의 남자야!' 그리고 자식들도 내가 무슨 말 좀 하려고 하면 '됐거덩~' 하고, 그래도 내가 호기를 부려 뭐라고 잔소리하면 얼굴 표정이 확 바뀐다. 그럴 때 나는 가족들로부터 싫어버림을 당하지 않을까 하는 불안감이 막 엄습한다. 나는 이제 남자 나이 60이 넘으면 이사 갈 때 왜 강아지를 사수해야 하는지 충분히 이해한다.

한계를 뛰어넘은 자의 표상

나는 다윗이 '한계를 극복한 사람'의 표상이라고 생각한다. 소년 다윗은 유대 사회에서 잊혀진 존재였다. 집에서나 사회에서 존재감이 거의 없었다. 그냥 촌구석에서 양이나 치는 목동으로 살았다. 다윗의 현실적 한계는 '양 치는 목동'이었다. 게다가 다윗의 현실적 한계에서 오는 위험도 만만치 않았다. 왜냐하면, 이리들이 양들을 호시탐탐 노렸기 때문이었다. 사나운 이리 떼들로부터 양들을 보호하는 것에 늘 한계를 느껴야 했다.

다윗인들 신분 상승에 대한 욕구가 없었겠는가? 그러나 가정에서는 형들이 가지고 있는 벽, 사회에서는 사회구조의 벽이라는 한계가 있었고, 다윗에게는 그 한계가 넘사벽이었다. 게다가 양들을 이리 떼들로부터 지켜야 하는 벽이라는 한계도 늘 느껴야 했다. 그런 다윗은 자신의 한계에 굴복하지 않았다. 가정에서의 넘사벽인 한계, 사회에서의 넘사벽인 한계를 경험했다.

그러나 다윗은 '에라이~ 이 더러운 세상….' 하면서 좌절하고 절망하지 않았다. 대신에 다윗은 눈앞의 이리 떼들이 주는 위협에 맞닥

뜨린 한계를 극복할 용기를 내었다. 이리 떼와 맞짱 떠서는 이길 수 없기에 돌멩이를 던져서 이리의 급소를 맞추는 연습을 부단히 했다. 그래서 백발백중의 실력을 갖추게 되었고, 지금 여기의 한계를 극복할 수 있는 능력을 갖게 되었다.

골리앗이 이끄는 블레셋 군대가 이스라엘을 침략했을 때, 이스라엘의 왕이었던 사울이나 이스라엘의 난다 긴다 하는 잘난 사람들은 그 어느 누구도 골리앗이라는 한계를 극복하지 못했다. 그러나 이스라엘의 잊혀진 소년 다윗은 돌멩이 하나로 골리앗이라는 한계를 극복했다. 나는 다윗의 다이나믹과 서스펜스와 스릴이 넘치는 그 영웅스토리보다도 이스라엘에서 영웅으로 등극하기 전 잊혀진 존재였던 그의 비하인드 스토리, 즉, 지금 여기의 삶에서 부딪치는 한계를 하나하나 극복한 다윗에 더 감동을 느낀다.

다윗은 블레셋에게 이렇게 외쳤다. "너는 칼과 창과 단창으로 내게 나아 오거니와 나는 만군의 여호와의 이름 곧 네가 모욕하는 이스라엘 군대의 하나님의 이름으로 네게 나아가노라"(사무엘상 17:45) 나는 이 말씀을 묵상하면서 그 어린 다윗이 자신이 처한 한계를 극복할 수 있었던 이유를 알 수 있었고, 그래서 큰 희열과 감동을 느꼈다.

어린 다윗이 자신의 현실적 한계에 부딪혔을 때 얼마나 외롭고 얼마나 불안하고 얼마나 무서웠겠는가? 그런데 다윗은 그 현실의 한계를 극복할 용기를 냈다. 그 용기는 어디서 왔는가? 바로 만군의 여호와 하나님이었다. 다윗은 양들을 보호하기 위해 이리에게 돌멩이를 던지면서 "하나님, 도와주시옵소서! 하나님, 도와주시옵소서! 하나님, 제발 도와주시옵소서!" 하면서 온 힘을 다해 돌멩이를 던졌을 것이다.

그런 가운데 다윗은 실패 경험을 넘어 성공 경험을 하게 되고, 그런 성공 경험을 통해 자신의 한계를 극복하는 실력과 능력을 갖게 되었다. 그런 다윗은 사울 왕도 두려워하고 이스라엘의 장수들도 두려워하는 골리앗을 돌멩이 하나로 쓰러뜨려 나라와 민족을 구하는 영웅이 되었다.

한계를 뛰어넘을 용기

나는 매일 씩씩하게 살려고 무던히도 노력한다. 그런데 나는 씩씩하게 살려고 노력하는 만큼 내 자신의 한계도 늘 느낀다. 이러다가 힐러로 사는 내가 정신 줄 놓아 버리지는 않을까, 지치고 상한 이들에게 힘을 얻게 해 주는 삶을 살려고 발버둥 치는 내가 지쳐 쓰러지지 않을까 불안하다. 나는 그렇게 불안을 느끼는 나 자신에 대해 자존심이 상한다.

그런데 다윗이 골리앗 앞에서 "나는 만군의 여호와의 이름 곧 네가 모욕하는 이스라엘 군대의 하나님의 이름으로 네게 나아가노라"고 한 말씀을 묵상하면서 '아, 어린 다윗이 지금 여기 자신의 한계를 느꼈을 때, 그 한계를 극복할 수 있었던 것은 만군의 여호와 하나님을 믿는 믿음에서 나오는 용기였구나.' 하는 것을 깨달았다. 그러면서 '그래, 바로 그거구나. 만군의 여호와 하나님을 믿는 믿음에서 나오는 힘으로 오늘 내게 있는 삶의 위험에 겁먹지 않고 나의 한계를 극복할 용기를 내야 하는구나. 하나님을 믿는 믿음으로 오늘 나의 한계를 극복할 용기를 내면, 내가 나의 한계를 극복할 수 있구나. 오늘 내가 나의 한계를 극복하면, 내일 더 큰 한계를 극복할 수 있겠구나.' 하는 생각이 들었다.

기실, 나의 인생은 나의 한계를 뛰어넘기 위해 몸부림쳐 온 인생이었다. 나의 유소년 시절 별명은 '송충이'였다. 그러하기에 나는 솔잎만 먹고 살아야 했다. 그런 난 초등학교를 졸업하고 열네 살 때부터 공장을 다녔다. 그런 내가 목사가 되고 사회복지사가 되고 음악치료사가 되고 작가가 되고 시니어 모델이 되고 박사가 되었다. 송충이의 한계를 뛰어넘을 용기를 냈기 때문이다. 하나하나 나의 한계를 뛰어넘으면서 깨달은 것은 한계를 뛰어넘을 용기를 내어 도전하면 한계를 뛰어넘게 된다는 것이다. 나의 경험칙이다!

17

궤도 탈출할 용기

55 사망아 너의 승리가 어디 있느냐 사망아 네가 쏘는 것이 어디 있느냐

56 사망이 쏘는 것은 죄요 죄의 권능은 율법이라

57 우리 주 예수 그리스도로 말미암아 우리에게 승리를 주시는 하나님께 감사하노니

58 그러므로 내 사랑하는 형제들아 견실하며 흔들리지 말고 항상 주의 일에 더욱 힘쓰는 자들이 되라 이는 너희 수고가 주 안에서 헛되지 않은 줄 앎이라

고린도전서 15장 55~58절

지구에서 쏘아 올린 인공위성이 지구 궤도를 벗어나 우주로 나아가기 위해서는 지구의 인력을 능가하는 힘이 필요하다고 한다. 그와 같은 논리로, 대부분의 사람은 태생적으로나 환경적으로 조성된 인생 궤도를 스스로 벗어나기가 매우 힘들다. 그러나 그에게 불행의 궤도가 끌어당기는 힘보다 강한 힘이 주어지면 그 궤도를 탈출할 수 있는 것이다.

나에게 있어 그 힘은 예수 그리스도를 믿는 믿음에서 나왔다. 나는 예수 그리스도를 믿고 나서 나의 불행한 인생 궤도를 탈출할 용기를 냈다. 예수 그리스도는 그런 나에게 성령의 능력으로 역사하셔서 궤도 탈출에서 오는 저항을 이겨 내고 마침내 행복한 인생 궤도로 진입할 수 있었다. 그리고 지금도 내 의사와 내 의지에 반하는 인위적인 궤도를 탈출하기 위해 부단한 노력을 기울이고 있는데, 그 노력의 원동력 역시 예수 그리스도를 믿는 믿음에서 나온다.

_본문 중에서

행복한 사람

세상에서 어떤 사람이 행복한 사람일까? 나는 이렇게 생각한다. 첫째, 다른 사람의 삶을 복사하는 삶이 아니라 자기의 삶을 사는 사람이 행복한 사람이다. 그런 사람은 다른 사람과 자신을 비교하지 않는다. 왜냐하면, 이 세상에 자기와 같은 사람은 아무도 없기 때문에 비교할 대상이 없는 것이다. 그냥 자기의 삶을 묵묵히 살면 되는 것이다.

둘째, 크든 작든 삶의 목표가 분명한 사람이 행복한 사람이다. 삶의 목표가 없는 사람은 인생이 지겹고 사는 재미가 없다. 그런데 요즘 그런 사람들이 점점 많아지는 것 같다. 그런 사람에게서 나타나는 특징은 하루하루를 우울하게 살 거나 힘든 일이 주어지면 못 견뎌 하는 모습을 보이기 쉽다는 것이다. 그러나 삶의 목표가 있는 사람은 내일에 대한 기대가 있다.

내일에 대한 기대가 있는 사람은 삶에 활력이 있고, 힘든 일이 생기면 잠깐 힘들어하다가도 다시 힘을 내게 된다. 그런 사람은 목표를 달성하고 못하고 상관없이 목표를 향해 달려가는 과정에서 행복을 느끼게 된다. 나는 그런 사람은 '궤도를 탈출할 용기'를 가진 사람이라고 생각한다.

예나 지금이나 사람이 이 세상에서 산다는 게 녹록하지가 않다. 애들은 애들 나름대로 힘들고 어른들은 어른들 나름대로 사는 게 힘들다. 성경에 나오는 믿음의 조상들의 삶도 보면 하루하루 생과 사의 경계를 넘나드는 인생을 살아왔다. 바울 사도 역시 절규하듯이 "사망아 너의 승리가 어디 있느냐 사망에 네가 쏘는 것이 어디 있느냐?"라고 외쳤는데, 바울 사도 역시 하루하루 힘든 삶을 살았음을 알 수 있다.

많은 사람들은 신앙에 대한 기대가 있다. 신앙을 가지면 평안을 누릴 수 있을 것이라는 기대, 나의 삶의 문제가 해결될 것이라는 기대, 내 노력한 것 이상으로 복을 받고 싶어 하는 기대가 있다. 그런데 사람이 신앙을 인간의 그런 기대를 충족하는 수단으로 생각하게 되면 실족하기가 쉽다. 실제로 그런 기대가 충족이 안 되어 실족한 사람들이 많다.

사람에게는 다 그림자가 있다. 죽어야 자신도 없어지고 그림자도 없어진다. 사람은 우리가 살아 있는 한, 고생과 고난이라는 그림자가 있다. 그러면 이 고생과 고난으로 가득한 인생을 살아가는 사람들에게 있어서 신앙은 어떤 의미가 있을까? 신앙은 고생과 고난을 없애 주는 마법이 아니라, 예수 그리스도를 믿는 믿음 안에서 그 시련과 고난을 이기게 하는 힘이다. 그래서 바울 사도는 "우리 주 예수 그리스도로 말미암아 우리에게 승리를 주시는 하나님께 감사하노니"(고린도전서 15:57)라고 했다.

베드로 사도는 "사랑하는 자들아 너희를 연단하려고 오는 불 시험을 이상한 일 당하는 것 같이 이상히 여기지 말고 오히려 너희가 그리스도의 고난에 참여하는 것으로 즐거워하라 이는 그의 영광을 나타내실 때에 너희로 즐거워하고 기뻐하게 하려 함이라"(베드로전서 4:12~13)고 했다.

예수 그리스도는 인생의 모든 시련과 고난을 이기셨다. 십자가에 달려 죽으시고 부활하심으로 사망까지도 이기셨다. 그래서 바울 사도는 "사망아 너의 승리가 어디 있느냐 사망아 네가 쏘는 것이 어디 있느냐"(고린도전서 15:55)고 하면서 우리 주 예수 그리스도로 말미암아 우리에게 승리를 주시는 하나님께 감사한다고 하였다.

이 예수 그리스도를 믿는 사람들은 필연적으로 내어야 할 용기가 있다. 바로 내가 조상으로부터 물려받거나 자신이 스스로 만든 불신과 불행의 궤도를 탈출할 용기를 내야 한다. 예를 들어, 나는 아버지 어머니가 물려준 불신과 불행의 궤도를 탈출하는 것이 나의 신앙 인생의 절대적 목표였다.

궤도 탈출의 용기

나는 나의 아버지 어머니가 아예 작정하고 내 인생을 불신과 불행의 궤도에 올려놓았다고 생각하지 않는다. 어쩌면 당신들도 그 궤도를 물려받으셨고, 그 궤도를 탈출할 생각을 못하셨을 것이고, 생각을 못하니까 탈출할 용기를 내지 못하셨을 것이다. 그래서 자식인 나에게 불신과 불행의 궤도를 물려주셨고, 나는 그 궤도를 달릴 수밖에 없었다. 감사하게도 나는 하나님의 은혜로 예수 그리스도를 믿게 되어 불신과 불행의 궤도를 탈출할 용기를 낼 수 있었고, 자식들에게 신앙과 행복의 궤도를 마련해 주었다. 그러던 중에 환갑을 맞이하였다.

다음으로 우리는 실패와 패배의 궤도를 탈출할 용기를 내야 한다. 어느 날 어르신들 음악치료 프로그램을 진행하면서 단어 맞추기를 했었다. 그중에 희희낙락의 낙 자로 시작되는 단어 맞추기가 있었는데 할아버지 한 분이 '낙제!' 하고 외치셨다. 그러면서 하시는 말씀이 '나는 낙제를 많이 해 봐서 낙제라는 단어를 알고 있어요.'라고 하셨다. 그래서 나도 '어르신, 저도 낙제 전문입니다.'라고 하니 모든 어르신들이 빵 터지셨다.

사람은 실패와 패배 경험이 쌓이다 보면 자기도 모르는 사이에 실패와 패배라는 궤도를 달리는 것이 익숙해져 버린다. 그러면서 성장과 성숙이 멈추어진 상태에서 하루하루 연명하며 사는 경우가 많이 있다. 그러나 실패와 패배의 궤도를 탈출할 용기를 내는 사람들이 있다. 그런데 그 궤도를 탈출하기 위해서는 반드시 저항에 직면하게 된다.

예를 들어, 우리가 차를 몰고 가면 도로 바닥에서 마찰력이라는 저항이 생긴다. 앞에서는 바람이라는 저항이 있다. 차의 엔진이 그 저항을 이겨 낼 힘이 없으면 차가 앞으로 나아가지 못하고, 저항을 이겨 낼 힘이 있으면 차는 내가 가고자 하는 목적지까지 데려다 준다.

지금의 인생 궤도를 달리는 것에 만족하고 행복한가? 그렇다면 현재의 궤도를 잘 유지하면 된다. 그런데 유지하는 데도 저항이 따른다. 나는 복에는 복값이 있다는 것을 절실히 경험했다. 복을 받는데도 값을 치러야 하고, 그 복을 지키고 누리기 위한 값도 치러야 한다는 것을 깨달았다. 그와 마찬가지로 나의 현재 인생 궤도가 만족스럽고 행복하다면, 그 궤도를 유지하고 누리는데 따르는 저항을 이겨 내야 하는 것이다. 지금의 궤도를 유지하고자 하는 사람도 가만히 넋 놓고 있으면 안 되는 것이다.

만약 지금의 내 인생 궤도를 탈출하여 보다 나은 궤도에 진입해야 할 필요가 있다고 생각한다면, 그 사람은 지금의 궤도를 탈출할 용기를 내야 한다. 그런데 그 용기를 내면 여러분은 엄청난 저항을 맞이하게 되고, 그 저항은 오롯이 자기 자신이 이겨 내야 할 몫이다. 심리적인 저항, 정신적인 저항, 육체적인 저항이 너무 심해 자칫 지쳐 쓰러질 수도 있다. 그러나 그 저항들은 오롯이 내가 감당해야 할 몫이다. 그 저항의 에너지보다 내게서 나오는 에너지 출력이 더 세야 궤도를 탈출할 수 있는 것이다.

용기를 내는 자에게 주어지는 힘

나는 앞에서 신앙의 힘은 시련과 고난을 없애 주는 힘이 아니라 시련과 고난을 이겨 내게 하는 힘이라고 했다. 우리가 믿음으로 시련과 고난을 이겨 내기만 해도 주님은 우리에게 열렬한 박수를 쳐 주시면서 장하다 장하다 하고 칭찬해 주실 것이다.

우리는 여기서 한 단계 더 나아가야 한다. 우리가 예수 그리스도를 믿는 믿음에서 나오는 힘으로 시련과 고난을 이겨 낼 뿐만 아니라 믿음으로 실패와 패배의 궤도를 탈출할 용기를 내면, 주님은 성령으로 역사하셔서 우리로 하여금 높은 산에도 오르게 하시고, 폭풍의 바다도 건너게 하시고, 어떤 역경도 이겨 낼 강함을 주시고, 그래서 지금의 나보다 더 나은 내가 되게 하시는 것이다.

예수 그리스도를 믿는 사람은 이미 불신과 불행의 궤도를 탈출하여 신앙과 구원의 궤도를 달리고 있는 사람들이다. 그렇지만 신앙인들도 실패와 패배의 궤도 혹은 무사안일의 궤도 혹은 가계로부터 내려오는 저주의 궤도를 탈출하지 못하여 괴로워하고 힘들어할 수도 있다.

나는 개인사적 경험과 목회와 사회복지와 음악치료 현장에서의 임상 경험을 통해서 불행의 궤도를 탈출하기를 간절히 바라지만 번번히 실패하고, 그 실패 경험의 누적이 심리적 정신적 질환으로까지 진행되는 것을 많이 보았다.

나의 경우, 나도 태생적 환경적 불행의 궤도를 탈출하고자 많은 시도를 했고 많은 실패 경험도 했다. 반복되는 실패 경험은 궤도 탈출에 대한 의지를 상실하게 만들면서 타락의 길로 빠져들게 만들었다. 그런 나는 신앙에서 오는 힘으로 불행의 궤도를 탈출하는데 성공했다.

지구에서 쏘아 올린 인공위성이 지구 궤도를 벗어나 우주로 나아가기 위해서는 지구의 인력을 능가하는 힘이 필요하다고 한다. 그와 같은 논리로, 대부분의 사람은 태생적으로나 환경적으로 조성된 인생 궤도를 스스로 벗어나기가 매우 힘들다. 그러나 그에게 불행의 궤도가 끌어당기는 힘보다 강한 힘이 주어지면 그 궤도를 탈출할 수 있는 것이다.

나에게 있어 그 힘은 예수 그리스도를 믿는 믿음에서 나왔다. 나는 예수 그리스도를 믿고 나서 나의 불행한 인생 궤도를 탈출할 용기를 냈다. 예수 그리스도는 그런 나에게 성령의 능력으로 역사하셔서 궤도 탈출에서 오는 저항을 이겨 내고 마침내 행복한 인생 궤도로 진입할 수 있었다. 그리고 지금도 내 의사와 내 의지에 반하는 인위적인 궤도를 탈출하기 위해 부단한 노력을 기울이고 있는데, 그 노력의 원동력 역시 예수 그리스도를 믿는 믿음에서 나온다.

그 치열하고 맹렬하고 가열찬 궤도 탈출 과정에서 내가 깨달은 것은 불행한 인생 궤도의 탈출은 사람 스스로의 힘으로는 너무나도 힘들다는 것이다. 그러나 사람이 그리스도를 믿고 자신이 원하지 않았던 불행한 인생 궤도를 탈출할 용기를 내면, 예수 그리스도를 믿는 나의 믿음은 궤도를 탈출하게 하는 힘으로 역사한다는 것이다. 이것은 나의 경험이다!

18
반전시킬 용기

5 천사가 여자들에게 말하여 이르되 너희는 무서워하지 말라 십자가에 못 박히신 예수를 너희가 찾는 줄을 내가 아노라

6 그가 여기 계시지 않고 그가 말씀 하시던 대로 살아나셨느니라 와서 그가 누우셨던 곳을 보라

7 또 빨리 가서 그의 제자들에게 이르되 그가 죽은 자 가운데서 살아나셨고 너희보다 먼저 갈릴리로 가시나니 거기서 너희가 뵈오리라 하라 보라 내가 너희에게 일렀느니라 하거늘

8 그 여자들이 무서움과 큰 기쁨으로 빨리 무덤을 떠나 제자들에게 알리려고 달음질할새

마태복음 28장 5~8절

물론 지금 나의 생각이 오버일 수도 있겠지만, 나는 그 젊은 여성의 "밥 좀 많이 주세요."라는 말을 들으면서 부모보다 더 가난한 삶을 살아가는 이 시대 청년 세대들의 삶의 고달픔이 어렴풋이나마 느껴졌다. 나는 지금도 그 청년의 얼굴을 어렴풋이 기억하지만 이름도 모르고 어디서 무슨 일을 하며 사는지 모른다. 그러나 분명한 것은 "밥 좀 많이 주세요."라고 한 그 말 속에서 나는 그 청년이 자신의 삶을 반전시킬 용기를 내고 있는 사람이라고 믿는다.

_본문 중에서

예수 그리스도의 패배

혹시 여러분 중에 번지점프를 해 본 사람 있는가? 나는 마흔다섯 살 때, 아이들을 데리고 여름휴가 갔다가 돌아오는 중에 가평군 설악면에 있는 청평호 리버랜드 번지점프장에서 번지점프를 해 봤다. 높이가 50m였는데, 올라갈 때는 씩씩하게 올라갔지만 50m 높이에서 아래를 내려다보니 다리가 마구 후들거렸다. 그렇지만 사나이 체면 때문에 내려오지 않고 그냥 뛰어내렸다.

그런데 수면 가까이 떨어졌다가 올라와서 공중에 잠깐 체공할 때는 기분이 좋았다. 밑에 있는 아이들을 보면서 손을 흔들 수 있을 만큼 마음의 여유도 생겼다. 암튼, 그때 어떻게 그런 용기가 생겼는지 모르겠다. 그 뒤로 한 사나흘 후유증을 겪었다. 온몸이 두들겨 맞은 것처럼 뻐근했다.

죄인들을 구원하러 이 세상에 오신 예수 그리스도는 자신을 메시아로 믿고 따르던 사람들의 간절한 기대와는 달리 세상에서 가장 비참하고 잔인한 죽음을 당하셨다. 당시 로마에서 십자가형은 법정 최고형으로서 반항하는 노예나 국가에 위해를 가하는 자에게 주어지는 형벌이었다. 십자가 처형을 집행하기 전에는 죄수를 정신적으로 가장 고통스럽게 모욕하면서 동시에 육체적으로 가장 고통스런 고문을 했다고 한다. 그렇게 온갖 모욕을 다 주고 고통을 준 다음에 십자가 처형을 집행했다고 한다.

다른 걸 다 떠나 유대 종교 지도자들과 백성들은 예수님이 자신들의 동족임에도 불구하고 자신들이 이방인이라고 부르는 로마 군인들에게 그런 최악의 형벌을 받게 했다. 그들이 볼 때, 예수님은 너무나도 완벽하게 바닥을 쳤다. 바닥을 친 정도가 아니라 아예 돌무덤에 묻히셨다. 반전시킬 가능성이 1도 없는 완벽한 패배였다.

예수님을 십자가로 처형당하게 했던 악한 유대인들은 자신들이 이겼다고 하면서 입가에 잔인한 미소를 지었을 것이다. 반면에 예수님을 믿고 따랐던 백성들은 가슴을 치며 슬퍼했을 것이고, 이후에 또 악한 유대인들이 자신들을 어떻게 핍박할까 두려움에 떨기도 했을 것이다. 실제로 예수님의 수제자였던 베드로는 배신의 아픔을 이기지 못해 떠났고, 또 많은 사람들이 흩어졌고, 또 어떤 사람들은 동굴에 숨었다. 예수님의 완벽한 패배로 하나님의 구원 계획은 막을 내린 것처럼 보였다.

예수 그리스도의 반전

그렇게 하나님의 구원 서사가 막을 내리는가 싶더니 새로운 장이 펼쳐졌다. 예수님의 무덤을 찾아온 마리아에게 천사가 말했다. "그가 여기에 계시지 않고 그가 말씀하시던 대로 살아나셨느니라!" 반전, 대반전이 일어났다. 인류 역사상 가장 비참하고 처참한 죽임을 당하셨던 예수님께서 무덤에 장사 지낸 지 사흘 만에 부활하신 것이다.

성경은 창세기에서부터 요한계시록까지 대반전의 서사시라고 할 수 있다. 이 반전의 서사시는 예수 그리스도의 십자가의 죽음과 부활이 클라이맥스이다. 그리고 오늘의 기독교는 반전시키시는 하나님의 부르심을 받은 믿음의 조상들이 하나님께서 주신 사명을 받들어 하나님의 구원의 역사를 써내려 온 역사이다.

하나님은 비천한 자를 귀하게 하시면서, 약한 자를 들어 강하게 하시면서, 무능한 자를 유능하게 하시면서, 가난한 자를 부요케 하시면서 반전의 역사를 쓰시는 분이다. 하나님은 나를 통해서도 반전의 서사시를 써내려 오셨다. 하나님은 누구보다도 천했었고, 누구보다도 가난했었고, 누구보다도 약했었고, 누구보다도 무능했었던 나를 하나님께서 부르시고 사명을 주셔서 반전의 서사시를 써오고 계신다.

허당의 반전

나는 신학교 다닐 때도 교수님들이나 동료 학생들이 내가 부자 부모를 둔 금수저로 봤었다고 했다. 힘들게 목회를 할 때도, 최근에도 나를 금수저로 보는 이들이 있었다. 나는 그 지점이 나를 실족시킬 수 있는 가장 유혹적인 지점이라고 생각했다. 나를 포장해서 나 자신도 속이고 남도 속여서 '그래 난 원래 잘난 사람이야. 당신들과는 근본적으로 달라.'라고 교만해질 수 있는 유혹의 순간들이라고 생각했다.

그 유혹의 순간들에 직면하여 나는 진실해지려고 노력을 했다. 신대원 졸업 무렵엔 나를 많이 사랑해 주시고 아껴 주셨던 교수님께 내가 얼마나 비천하고 무가치한 존재였었는지를 말씀드렸다. 아내를 만나 이 여자와 결혼을 하고 싶다는 생각이 들었을 때도 속이지 않고 내가 나의 못난 점과 나의 허물을 고백했다. 그러던 중에 세월이 많이 흘렀다. 하 수상한 세월을 지내오는 동안 감사하게도 백발의 멋진 신사가 되었다. 사람들은 조기에 세어 버린 나의 백발이 너무 멋있다고 한다.

사람이 나이가 들어가면 자신의 못났던 과거를 숨기면서 거짓으로 각색을 해서 잘난 사람으로 포장을 하고 싶은 유혹이 생긴다. 나도 나이 오십이 넘어가면서 생활도 안정되고 지역사회에서 다양한 활동도 하면서 네임밸류도 올라가니 내 안에 은근히 교만한 생각이 또아리를 틀고 있는 것이 느껴졌다.

그때 나는 위험신호를 감지하였고, 하나님 앞에서 허당임을 고백할 수 있었다. 그리고 내가 얼마나 약하고 부족하고 허물이 많은 존재였는지, 그렇게 약한 나를 강한 사람으로 반전시켜 주신 예수님과 내 눈물을 닦아 주고 내 손을 잡아 주고 내 등을 두드려 준 이들을 자랑하고 싶었다. 그래서 「약한 나로 강하게」라는 제목으로 책을 냈다.

나의 아픈 역사를 통해 반전의 하나님을 증거하고 싶었다. 아무리 별 볼일 없는 개차반 같은 인생이라 할지라도 예수님을 믿으면 하나님께서 일꾼으로 불러 주시고, 그 거룩한 부르심에 "네, 제가 여기 있습니다!" 하면 하나님께서 사명을 주시고, 그 거룩한 사명에 순종하면 하나님은 그 사람을 통해 반전의 역사를 이루신다는 것을 보여 주고 싶었다.

반전시킬 용기

성경은 천사가 여자들에게 예수님이 부활하셨다는 반전의 소식을 알려 주었고, 여자들은 그 소식을 사람들에게 전해 주기 위해 달려갔다고 했는데, 나는 그 여자들의 이름이 김 아무개인지 이 아무개인지 박 아무개인지는 중요하지 않다고 생각한다. 중요한 것은 그 여자들이 예수님의 죽으심과 예수님의 부활하심이라는 인류 최대의 반전 소식을 듣고는 그 소식을 제자들에게 알릴 용기를 내어 달음질했다는 것이다.

사람이 예수 그리스도가 죄인인 우리를 위해 십자가에 못 박혀 죽으시고 사흘 만에 부활하셨다는 것을 믿는다는 것은 엄청난 용기를 필요로 한다. 내가 믿는 예수 그리스도를 사람들에게 전하는 것은 더 큰 용기를 필요로 한다. 그런데 그 용기보다 더 큰 용기가 무엇인지 아는가? 예수 그리스도의 대반전을 따라 나의 삶을 반전시킬 용기를 내는 것, 나는 이게 가장 큰 용기라고 생각한다.

우리는 예수 그리스도를 믿고 교회를 다니는 용기에 머물러서는 안 된다. 세상이 나의 자존감을 짓밟으면, 우리는 예수 그리스도를 믿는 믿음으로 나의 자존감을 스스로 높이는 반전의 용기를 내야 한다. 세상이 나를 쓸모없다고 내치면, 예수 그리스도를 믿는 믿음으로 이렇게 하다가 죽을 수도 있겠다는 생각이 들 정도로 투쟁적인 노력을 하여 나의 효능감을 스스로 높이는 반전의 용기를 내야 한다.

성경은 하나님의 반전의 역사와 믿음의 조상들의 반전의 역사가 기록된 책이다. 그런 관점에서 나도 나의 인생이 예수 그리스도를 믿는 믿음 안에서 반전의 대서사시가 되게 하기 위해 노력해 왔고 앞으로도 노력할 것이다. 물론 나는 여전히 약하고 부족한 사람이다. 그러나 비록 무명의 사람이지만, 나는 예수 그리스도를 믿는 믿음으로 나를 옭아매었던 저주의 사슬을 끊어 버리고 축복의 세계로 진입하는 반전을 이룰 수 있었다.

어느 날 우리 가족이 밤에 드라이브를 갔다가 카페에 들러 차를 마시며 도란도란 대화를 나누던 중에 딸이 이렇게 물었다. '아빠는 어릴 때 가족과 함께하는 삶을 살지 못했는데, 어떻게 그렇게 가족 중심의 삶을 살 수 있어요?' 나는 망설이지 않고 대답했다. "하나님의 은혜지."라고. 그렇다. 나는 정말 예수 그리스도를 믿은 이후 그 믿음에서 나오는 성령의 능력으로 내 인생을 반전시킬 용기를 내왔고, 그 용기의 우선순위는 가족이었다.

나는 이런 불행한 사람이 어디 또 있겠나 싶을 정도로 정말 불행의 아이콘이었다. 교육학이나 심리학에서는 사람이 어릴 때 불행을 경험했을 때, 그 사람은 성인이 되어서도 불행의 사슬 안에 갇혀 살면서 자신과 가족과 주변 사람들에게도 부정적 영향을 끼친다고 하는 이론이 있다. 나도 청년 초입에 예수 그리스도를 믿기 전까지는 그 이론이 맞다는 것을 증명이라도 하듯 불행한 삶을 살았다.

그런데 나는 예수 그리스도를 믿고 나서부터 부모가 물려준 불행의 사슬을 끊어 버릴 용기를 내었다. 목사가 되어 목회를 하면서도 하나님 일 한답시고, 세상에서 무슨 큰일 한답시고, 사회생활 원만히 한답시고 가정을 도외시한 적이 없다. 물론 아이들 입장에선 아빠를 세상에 빼앗겼다고 생각이 들 때도 있었겠지만, 나는 나름대로 예수님을 믿기 때문에 패밀리스트로 살면서 행복한 가정을 만들어야겠다는 반전의 용기를 낼 수 있었다. 다 큰 딸이 그런 말을 해 주니 참 기쁘고 고마웠다.

나는 평생을 목사로 사회복지사로 음악치료사로 살고 있다. 그래서 상하고 아픈 사람들을 헤아릴 수 없이 많이 만났다. 요즘 정말 많은 사람들이 정신과 치료를 받고 있다. 정신과 환자들 중에는 예수 그리스도를 믿는 사람들도 많이 있고, 인생의 아픔과 괴로움을 이겨내지 못해 스스로 목숨을 끊는 사람들은 세계 1위다.

이 글을 쓰고 있는 순간에도 내가 만났던 아픈 사람들이 떠오른다. 유독 떠오르는 얼굴이 있다. 서울의 번화가 식당에서 지인들과 식사를 하는 중에 한 젊은 여성이 들어왔다. 그 여성은 식당 주인에게 음식을 주문하면서 이렇게 말했다. “저기요, 밥 좀 많이 주세요.” 내 딸은 밥을 쥐꼬리만큼만 먹어서 늘 실갱이를 한다. 그런데 그 젊은 여성은 밥을 많이 달라고 했다.

물론 지금 나의 생각이 오버일 수도 있겠지만, 나는 그 젊은 여성의 "밥 좀 많이 주세요."라는 말을 들으면서 부모보다 더 가난한 삶을 살아가는 이 시대 청년 세대들의 삶의 고달픔이 어렴풋이나마 느껴졌다. 나는 지금도 그 청년의 얼굴을 어렴풋이 기억하지만 이름도 모르고 어디서 무슨 일을 하며 사는지 모른다. 그러나 분명한 것은 "밥 좀 많이 주세요."라고 한 그 말 속에서 나는 그 청년이 자신의 삶을 반전시킬 용기를 내고 있는 사람이라고 믿는다.

나는 예수 그리스도를 믿고 나서 지지리도 못났던 내 삶을 반전시켜야겠다는 용기를 낸 사람이다. 내가 그 용기를 냈을 때, 하나님은 나를 옭아매고 있던 불행의 사슬을 끊게 해 주시고 축복의 세계로 인도해 주셨다. 그런 나는 부디 그 청년도 반전의 기적을 경험할 수 있기를 바라고, 또 삶을 반전시킬 용기를 내는 모든 사람들도 반전의 기적을 경험할 수 있기를 바란다!

19
레전드가 될 용기

14 거기서 형제들을 만나 그들의 청함을 받아 이레를 함께 머무니라 그래서 우리는 이와 같이 로마로 가니라

15 그 곳 형제들이 우리 소식을 듣고 압비오 광장과 트레이스 타베르네까지 맞으러 오니 바울이 그들을 보고 하나님께 감사하고 담대한 마음을 얻으니라

16 우리가 로마에 들어가니 바울에게는 자기를 지키는 한 군인과 함께 따로 있게 허락하더라

30 바울이 온 이태를 자기 셋집에 머물면서 자기에게 오는 사람을 다 영접하고

31 하나님의 나라를 전파하며 주 예수 그리스도에 관한 모든 것을 담대하게 거침없이 가르치더라

사도행전 28장 14~16, 30~31절

나는 이렇게 생각한다. 우리는 레전드를 구경하고 레전드에 환호하는 레전드 소비자가 아니라 우리 자신도 레전드가 되어야 한다고 생각한다. 이 말은 레전드라 불리는 사람들의 인생을 카피하라는 것이 아니다. 나는 목사지만 한국 교회에서 내로라 하는 명성을 가진 목사와 같은 목사가 될 생각이 없다. 나는 나의 목회 현장에서 10년의 세월도 이겨 내고, 20년의 세월도 이겨 내고, 30년 세월도 이겨 내는 가운데 다른 목사와 차별된 레전드 김동문 목사가 되고 싶을 뿐이다. 그런 나는 이 글을 읽는 사람들도 각자 자신의 인생의 레전드가 될 용기를 내었으면 좋겠다.

_본문 중에서

임프린팅(imprinting)

벌써 한 해의 절반이 지나갔다. 우리 센터를 다니시는 어르신 한 분이 '세월이 미쳤다!'고 했다. 세월이 미친 속도로 흘러간다는 의미이다. 이런 질문을 한번 해 보자. 지난 6개월의 삶이 즐거웠는가, 지겨웠는가? 힘들었고 안 들었고를 떠나, 내가 살았던 6개월의 세월 속에 내 모든 열정을 불살랐다면 그 사람은 지난 6개월의 삶을 성공하고 승리한 사람이다. 반면에 죽지 못해 살았던 지난 6개월이었다면, 그 사람은 그 기간만큼 실패하고 패배한 사람이다.

심리학 용어 중에 '임프린팅(impriting)'이라는 것이 있다. 오래된 영화 중에 〈아름다운 비행(Fly Away Home)〉이 있다. 그 영화에서 주인공인 에이미가 야생 거위 알을 부화시켜 주는데, 알에서 깨어난 거위 새끼는 에이미를 엄마로 알고 따른다. 거위 새끼는 태어나서 처음으로 만난, 자기를 케어해 주는 에이미가 엄마로 각인된다는 것이다.

이 용어는 사람에게도 적용이 된다. 태어나서 처음 만나는 엄마와 아빠, 엄마와 아빠로부터 돌봄을 받는 경험을 하면서 아이의 머리에는 아, 우리 엄마 아빠라는 각인이 되면서 인생에 큰 영향을 받게 된다. 그 과정에 우리 엄마 아빠는 나쁜 부모라고 각인이 되면, 그 아이에게는 성장 과정에서도 성장을 한 이후에도 부정적인 심리적 정신적 문제가 발생한다고 한다.

같은 논리로, 생애 처음으로 만난 학교의 선생과 처음으로 다닌 교회의 목사와 처음으로 다닌 회사의 상사도 한 사람의 사회생활의 건강성에 많은 영향을 미친다. 그런데 한 가지 분명한 것은 사람이 정말 이상적인 임프린팅 대상을 만나는 것은 그 사람에게 있어서 큰 복이라고 할 수 있지만, 거의 모든 사람은 부정적인 만남과 긍정적인 만남을 동시에 경험한다는 것이다. 그 가운데 어떤 사람은 두 유형의 만남을 통해 건강하게 성장하기도 하고, 어떤 사람은 병리적으로 성장하기도 한다는 것이다.

레전드(regend)

'레전드(regend)'라는 말이 있다. 문자적 의미는 '전설'인데, 이 단어가 사람에 대하여 쓰일 때는 어떤 분야에 대해 감히 다른 사람이 따라올 수 없을 정도의 탁월한 실력과 능력을 보여 주는 사람을 높여 부를 때 사용하기도 하는 단어이다. 예를 들면, 음악계의 레전드, 스포츠계의 레전드, 학문계의 레전드, 과학계의 레전드 등이 있다.

박진영이라는 가수가 2016년에 〈살아 있네〉라는 노래를 발표했는데, 가사 말미에 이런 내용이 있다. '10년은 돼야 가수라고 하지. 20년은 돼야 스타라고 하지. 30년은 돼야 레전드라고 하지.' 나는 이 가사를 보면서 느껴지는 게 많았다. 그러면서 20여 년 전에 한 원로 목사님이 나와 같은 젊은 목사들에게 해 주신 말씀이 떠올랐다. 당신이 신학교 다니실 때 날고 기는 신학생들이 몇 명 있었다고 한다. 당신을 포함해 많은 신학생들이 "저 전도사는 나중에 한국 교회 큰 일꾼이 될 거야."라며 부러워했다고 한다. 이어서 "그런데 지금은 그들이 어디서 뭘 하고 있는지도 몰라." 하시면서 "목사는 반짝 스타가 되면 안 되고 인내하면서 오래 갈 수 있어야 하는 거야."라고 하셨다.

나도 신학교 시절에는 나름 스타였다. 모교에서 '베스트 드레서'라는 소리도 들었고, 모교에서는 노트북을 처음으로 사용할 만큼 컴퓨터 실력도 인정을 받았고, 졸업하기 전엔 내 이름으로 된 책을 두 권이나 출간하고 번역서까지 냈었다. 1997년 3월에 교회를 개척했을 때도 나는 우리 지역 교회에 영상문화를 가장 먼저 퍼뜨렸다.

그런데 그 원로 목사님께서 "목사는 반짝 스타가 아니라 길게 가는 목사가 되어야 한다."는 말씀을 듣고는 그 말씀이 마치 나에게 하시는 말씀이라 들리면서 큰 도전을 받았었다. 그런 내가 교회를 개척한 지 30년을 앞두고 있다. 여기서 질문을 하나 하고 싶다. 우리는 우리 시대에 각 분야의 레전드를 보는 즐거움을 누리는 삶에 만족할 것인가, 내 자신이 레전드가 될 것인가? 나는 나뿐만 아니라 우리 모두 이 시대의 레전드가 되어야 한다고 생각한다.

레전드 바울

바울 사도는 지금도 예수 그리스도를 믿는 성도들에게 복음 전파의 레전드이지만, 바울 사도가 살던 그 시대에도 기독교에서 레전드로 불리웠던 사도이다. 그 바울은 "우리는 이와 같이 로마로 가니라"고 하였다. 바울 사도에게 있어서 로마에 가서 복음을 전하는 것이 자신의 사명을 완수하는 것이었다. 그래서 그는 로마에 가서 복음을 전하고 싶어 했다. 그러나 바울 사도의 로마행은 번번이 막혔다. 로마행이 막혔을 뿐만 아니라 그 와중에 엄청난 시련과 고난도 당했다.

한 번 막히고 두 번 막히고, 게다가 온갖 고난이 따른다면 바울 사도가 무슨 생각을 할 수 있겠는가? '아, 로마는 하나님의 뜻이 아니구나. 내가 여기서 접어야 하는구나.'라고 생각할 수도 있을 것이다. 그러나 바울 사도는 한 번 막히고 두 번 막히고, 계속 막혀도 로마에 가기를 원했다. 이쯤 되면 '그건 하나님의 뜻이 아니라 당신의 고집이고 병적인 집착이야.'라고 할 수도 있을 것이다. 그런데도 바울 사도는 "로마도 보아야 하리라"고 하면서 계속 로마로 가려는 의지를 불태웠다. 그 와중에 몸과 마음고생을 수도 없이 했다. 그런데 드디어 바울 사도는 로마에 갔다.

그러면 바울 사도가 로마의 드넓은 대로를 멋진 말을 타고 화려한 모습으로 로마에 들어갔을까, 죄수의 신분으로 초라하게 들어갔을까? 바울 사도는 동족 유대인들로부터 로마 황제의 명을 거스렸다는 고발을 당해 죄인의 신분으로 끌려갔다. 안 그래도 바울 사도의 성격이 불같은데, 이쯤되면 예수님을 원망하고 동족들을 원망하고 평소 자기를 따르던 사람들이 등을 돌린 것에 대해 분노할 수도 있지 않겠는가? 그러나 바울 사도는 그러지 않았다. 그냥 묵묵히 로마 군인들에게 끌려 로마에 들어갔다.

그는 로마에서 2년을 가택연금 당한 상태에서 자신을 찾아온 모든 사람들을 다 맞이하여 하나님 나라를 전파하며 예수 그리스도의 복음에 관한 모든 것을 담대하게 거침없이 가르쳤다고 했다. 이때 로마의 귀족들 중 상당수도 바울이 전한 복음을 듣고 예수 그리스도를 믿었다고 했고, 나중에는 로마 황제였던 콘스탄티누스가 기독교를 로마의 국교로 공인하게 되는 역사가 일어났다.

바울 사도는 예수 그리스도의 부르심을 받아 로마에 가서 복음을 전하기 원했다. 그러나 길이 막히고 또 막히고 또 또 막혔다. 그 가운데 모질고 모진 시련을 겪었다.

마침내 로마로 가게 되었는데, 로마의 드넓은 대로를 말을 타고 화려하게 간 것이 아니라 죄인이 되어 로마로 끌려가서 가택연금을 당했다. 그 가운데서도 바울 사도는 하나님을 원망하지 않고 예수님의 복음을 전했고, 결과적으로 복음이 세계로 전파되어 오늘 우리도 예수 그리스도를 믿게 되었다. 이런 바울 사도야말로 기독교의 레전드 중의 레전드인 것이다.

레전드가 될 용기

나는 이렇게 생각한다. 우리는 레전드를 구경하고 레전드에 환호하는 레전드 소비자가 아니라 우리 자신도 레전드가 되어야 한다고 생각한다. 이 말은 레전드라 불리는 사람들의 인생을 카피하라는 것이 아니다. 나는 목사지만 한국 교회에서 내로라 하는 명성을 가진 목사와 같은 목사가 될 생각이 없다. 나는 나의 목회 현장에서 10년의 세월도 이겨 내고, 20년의 세월도 이겨 내고, 30년 세월도 이겨 내는 가운데 다른 목사와 차별된 레전드 김동문 목사가 되고 싶을 뿐이다. 그런 나는 이 글을 읽는 사람들도 각자 자신의 인생의 레전드가 될 용기를 내었으면 좋겠다.

하나님은 모든 사람에게 그 사람만의 달란트를 주셨다고 했다. 우리 속담에도 '굼벵이도 구르는 재주가 있다.'고 했다. 따라서, 우리는 우리 자신이 좋아하고 우리가 가장 잘 할 수 있는 것에 우리의 신앙과 삶을 담아내는 레전드가 되었으면 좋겠다. 레전드를 소비하는 인생이 아니라 레전드가 되는 삶, 멋지지 않은가!

20
'나'로 살 용기

29 이스라엘이여 너는 행복한 사람이로다 여호와의 구원을 너 같이 얻은 백성이 누구냐 그는 너를 돕는 방패시요 네 영광의 칼이시로다 네 대적이 네게 복종하리니 네가 그들의 높은 곳을 밟으리로다

신명기 33장 29절

왜 나는 나 스스로 나를 불행한 존재로 규정하며 사는가? 나는 그게 너무 싫다. 내가 나를 불행한 존재로 규정하면, 나는 불행한 삶을 살 수밖에 없다. 그러나 하나님이 나를 "너는 행복한 사람이로다!"라고 하신 말씀을 따라 나를 행복한 사람으로 규정하니 어떻게 하면 행복하게 살 것인가를 생각하게 되고, 기왕 살 바엔 행복하게 살 방법을 찾게 되었다. 나는 내가 행복하게 살면 하나님이 나를 불행하게 하실 줄 알았다. 그런데 하나님이 "너는 행복한 사람이로다!"라는 말씀을 믿고 행복하게 살 용기를 내었더니 나를 불행하게 하시지 않고 오히려 나와 가족과 주변 사람들을 행복하게 하시는 것을 경험할 수 있었다!

_본문 중에서

행복 연습

사람의 가장 위대한 사명은 무엇일까? 나는 행복한 가정을 만드는 것이 사람의 가장 아름답고 위대한 사명이라고 생각한다. 특히 요즘처럼 가정이 흔들리는 시대는 더더욱 그리스도인들이 세상 사람들보다 더 가정을 건강하게 행복하게 가꾸는 것이 시대적 사명이라고 할 수 있다. 그러면 행복한 가정의 지표가 무엇일까?

시편 128편 1절에서는 "여호와를 경외하며 그의 길을 걷는 자마다 복이 있도다"라고 했다. 잠언 15장 17절에서는 "채소를 먹으며 서로 사랑하는 것이 살진 소를 먹으며 서로 미워하는 것보다 나으니라"고 했다. 잠언 17장 1절에서는 "마른 떡 한 조각만 있고도 화목하는 것이 제육이 집에 가득하고도 다투는 것보다 나으니라"고 했다.

이 세 구절 말씀에 따르면, 행복한 가정은 가족 구성원 모두 여호와 하나님을 믿는 믿음 안에서 서로 사랑하면서 화목하게 지내는 것이라고 할 수 있다. 그런 가정이 될 때, 물질이 없어도 행복하고 물질이 있어도 행복하다는 것이다. 우리는 오늘을 살면서 과거의 불행에 발목이 잡혀서는 안 된다. 또한 막연하게 내일을 기약하면서 오늘의 행복을 놓쳐서도 안 된다. 지금 여기 우리에게 주어진 삶 속에서 하나님께서 주신 가정의 행복을 누릴 수 있어야 한다.

나는 '연습'이라는 단어를 참 좋아한다. 나는 약 40여 전에 미국의 레오 버스카글리아(Leo Buscaglia)라는 교수가 쓴 「살며 사랑하며 배우며」라는 책을 읽은 적이 있는데, 내용 중에 'Love is exercise' 즉 '사랑은 연습이다'라는 말이 있었다. 나는 '사랑은 연습이다'는 그 말이 그렇게 마음에 와닿았었다. 그 후 40년의 세월이 지나고 있는 지금 정말 사랑은 연습이 필요하구나 하는 생각이 들고, 나아가 행복하게 사는 것도 부단한 연습이 필요하구나 하는 생각이 든다. 그러면서 내가 결혼 초부터 행복하게 사는 연습을 더 많이 했더라면 더 질 높은 행복을 누릴 수 있었을 텐데 하는 아쉬움도 들고, 지금이라도 가족과 함께 행복하게 사는 연습을 하면 연습하는 만큼 행복을 누릴 수 있겠다는 생각이 든다.

나는 '타고난 성격인 걸 어떻게 하냐?' '몸에 밴 습관인 걸 어떻게 하냐?' 이런 말은 회피성 변명, 비겁한 변명이라고 생각한다. 가족을 나의 생각 나의 감정의 기준에 맞추어 따라오게 하는 것은 가정폭력이라고 생각한다. 가족이 함께 하나님을 믿는 믿음 안에서 서로 사랑하고 서로 사랑받는 행복을 연습하는 것이 중요하다고 생각한다.

나는 작심삼일이라는 말을 안 좋게 생각했었는데, 이제는 나름 좋은 말이라고 생각한다. 행복 연습의 작심삼일을 무한 반복하면 어느새 그게 루틴이 되고, 그러면 그 작심삼일의 삶이 분명 나를 건강하게 하고 행복하게 하지 않겠는가!

나, 행복한 사람

우리는 살면서 종종 '나는 누구인가?'라는 생각을 한다. 이 질문은 철학적 질문이기도 하고 신학적 질문이기도 하다. 그런데 사람은 자신이 누구인가에 대한 답을 잘 내리지 못한다. 그래서 많은 사람들이 이 질문에 대한 답을 찾으려고 고민하고 연구하고, 그래서 '나는 누구인가?'라는 제목으로 책을 내기도 했다. 인터넷에 검색해 보니 참으로 많은 사람들이 「나는 누구인가?」라는 제목으로 책을 쓴 것을 볼 수 있었다.

그런데 어떤 사람은 자신을 무가치하거나 쓸모없는 존재로 규정을 한다. 이렇게 당해도 싸고 저렇게 당해도 싼 존재로 규정한다. 남이 시키는 대로 하거나 내가 남에게 무엇인가 요구해서는 안 되는 존재로 규정한다. 혹은 자신을 '그 누군가의 사람'으로 규정하거나 그 누군가를 추종하거나 들러리로 사는 존재로 규정한다. 그렇게 자신을 스스로 비천한 존재로 규정하는 사람은 영적으로나 정신적으로나 심리적으로 중병이 든 사람이다. 이런 사람은 절대로 자신을 행복하게 할 수 없고, 자신을 행복하게 하지 못하는 사람은 내 옆 사람도 행복하게 해 주지 못한다.

만약 어떤 사람이 나로 하여금 그런 병적 존재의식을 가지도록 종교의 이름으로 권력의 이름으로 돈의 이름으로 교묘하게 교활하게 지배하려고 한다면 그 사람은 매우 악한 사람이며, 냉정하게 그로부터 탈출할 용기를 내야 한다. 남을 그렇게 불행하게 예속시켜서 자신의 야망과 욕망을 채우려고 하는 사람은 하나님의 준엄한 심판을 받게 될 것이다.

다시 한 번 질문하겠다. 나는 누구인가? 성경은 "이스라엘이여 너는 행복한 사람이로다 여호와의 구원을 너 같이 얻은 백성이 누구냐"(신명기 33:29)라고 했다. 이 말씀은 내가 누구인지에 대한 답을 얻을 수 있고 우리의 현재의 존재 상태를 알 수 있게 하는 말씀이다. 나는 누구인가? 여호와 하나님의 구원을 얻은 행복한 존재라는 것이다.

인류 역사를 살펴보면, 인간의 모든 활동은 이 구원 문제에 대한 답을 얻고자 하는 활동이었다. 인간은 남의 것을 빼앗거나 남을 죽여서라도 자신의 구원 문제를 해결하려고 했다. 과학기술을 발전시키고 의학기술을 발전시켜 온 것도 결국 구원 문제를 해결하기 위해서였다. 우상을 만들어 숭배하는 것도 결국 구원 문제를 해결하기 위해서였다.

21세기가 시작될 무렵 많은 학자들은 과학의 힘 때문에 종교도 급격하게 쇠퇴하게 될 것이라고 전망했다. 특히 무속신앙과 무당들은 설 자리를 잃게 될 것이라고 했다. 그런데 막상 21세기가 시작되니 어떤 현상이 벌어졌는가 하면, 무당은 사라지기보다는 여전히 성업

중에 있다는 것이다. 요즘은 스마트폰으로 점집을 검색하는 어플도 나와 있다. 정치권력가들 중에도 여전히 무당을 의존하는 사람들이 있고, 첨단과학을 주력 사업으로 하는 재벌권력가들 중에도 무당을 의존하고 있는 사람들이 있는 것이 현실이다. 왜 그럴까? 그 막대한 권력으로도 자신의 구원 문제를 해결할 수 없기에 불안하고, 그 막대한 재력으로도 구원 문제를 해결하지 못해 불안하기 때문이다.

그런데 인간의 구원 문제에 대한 답은 너무나도 가까운 곳에 있다. 어제도 계셨고, 오늘도 계시며, 내일도 계실 영원토록 동일하신 하나님, 그 하나님은 먼 곳에 계시는 것이 아니라 지금 여기 우리와 함께 계시는 여호와 하나님께서 예수님을 믿는 우리를 구원해 주셨다.

하나님을 믿지 않는 권력가들이나 재력가들은 구원을 받지 못했기 때문에 권력과 재물을 잃어버리면 큰일이 날까 싶어 전전긍긍하지만, 하나님을 믿는 사람들은 이미 구원을 받았기 때문에 권력이 없어도 여유만만 희희낙락 위풍당당하게 오늘의 삶을 으랏차차 하면서 살아갈 수 있다.

예수 그리스도를 믿는 우리는 누구인가? 여호와의 구원을 얻은 자들이다. 우리가 이 존재의식을 가지는 한, 우리는 절대로 우리 자신을 스스로 비하하지 않을 것이고, 열등의식에 사로잡히지 않을 것이고, 다른 누군가의 부속물 혹은 수단 혹은 들러리로 살아가지 않을 것이다. 오히려 나를 뽐내며 나답게 살며 나의 삶에 내가 주인공이 되며 나를 실현하는 삶을 살게 될 것이다.

나는 가끔 우리 센터를 이용하시는 어르신들께 이런 말씀을 해 드린다. 내가 모시는 어르신들은 하나같이 다 우울감이 있으시다. 왜 어르신들이 우울하실까? 이제 별 볼 일 없는 존재가 되어 버렸다는 생각이 들기 때문이다. 그런 어르신들께 나는 이렇게 말씀해 드린다. “어르신들은 위대하신 분들이십니다!” 그러면서 “어르신들 얼굴에 주름살이 깊게 패이고, 허리가 굽고 머리가 빠지거나 세고, 몸에 병이 든 거, 왜 그렇게 되셨어요? 험한 세상을 이겨 내시느라고, 가정과 나라를 지키시고 자식들을 잘 키우시느라고 진이 빠지셔서 그런 겁니다. 그렇게 세상을 이겨 오신 어르신들은 정말로 위대하신 분들이십니다!” 내가 그렇게 말씀해 드리면 어르신들은 참 좋아하신다.

'나'로 살 용기

나는 독자 여러분에게도 똑같이 말하고 싶다. 지금 여러분의 모습은 여러분이 험한 세상을 이겨 내며 살아오는 가운데 만들어진 보배스러운 모습이다. 게다가 여러분은 하나님의 구원을 받은 사람들이다. 그런 여러분 자신에 대해 자부심을 가지시기 바란다!

이렇게 우리가 하나님의 구원을 받은 존재라면, 우리의 존재 상태는 어떠한가? "이스라엘이여 너는 행복한 사람이로다"(신명기 33:29) 앞으로 행복해질 사람이 아니라 지금 행복한 사람이라는 것이다. 혹시 속으로 '아니요, 나는 지금 속 터져 죽을 지경이거든요. 안 그래도 힘든 데 그런 말을 들으면 마음이 더 힘들어지고 화가 더 나거든요….' 어쩌면, 어쩌면 그런 생각이 들 수도 있을 것이다.

내가 1984년쯤엔가 인천 부평에서 철공소를 다니면서 힘들게 살 때다. 내가 1977년도 열네 살 때 처음 공장에 들어가서 하루 열두 시간을 일해서 받은 일당이 700원이었고, 1984년 무렵에는 2천 3백 몇 십 원을 받으며 일했었다. 그 일당으로는 혼자의 힘으로는 살기 힘들었고, 공장 기숙사에서 여럿이 엉켜 살아야 생존이 가능했다.

그런데 그때 한 달에 두 번 쉬는 어느 일요일, 동네에 있는 교회 다니는 어떤 사람으로부터 전도를 받았었다. 예수 믿고 구원받아야 한다며 교회 나오라고 했다. 나는 그 소리를 들으니까 막 화가 났었다. 그래서 난 주먹을 불끈 쥐고 막 화를 냈었다. 그 당시 하루하루의 삶이 너무 힘들어 속이 너무 뒤틀려 있었기 때문이다. 분명 지금도 그런 사람들이 많이 있을 것이다.

하루하루 힘들게 사는 사람들에겐 "너는 행복한 사람이로다"라는 이 말씀이 너무 생경하게 들릴 수도 있을 것이고, 공감도 안 되고 동감도 안 되고, 그러니 전혀 위로도 안 되고 힘도 안 되는 말씀일 수도 있을 것이다. 왜 그럴까? 그런 사람은 자신의 힘든 상태에만 몰입되어 있기 때문이다. 그렇게 힘든 상태에 몰입되어 있으면, 그것은 마치 늪과 같아서 자신의 의지와는 상관없이 점점 더 깊이 힘든 상황 속으로 빠져들게 된다.

그런데 성경은 "너는 행복한 사람이로다!"라고 한다. 추가열이라는 가수가 부른 노래 중에 이런 노래가 있다.

숨 쉴 수 있어서
바라볼 수 있어서
만질 수가 있어서
정말 행복해요

말할 수도 있어서

들을 수도 있어서
사랑할 수 있어서
정말 행복해요

나는 이렇게 생각한다. 사람이 자신이 불행한 이유를 찾기 시작하면 천 가지 만 가지도 찾을 수 있고, 자신이 행복한 이유를 찾기 시작하면 역시 천 가지 만 가지도 찾을 수 있다고. 똑같은 세상에 살면서 불행한 이유를 찾는 사람은 불행한 상태로 살고, 행복한 이유를 찾는 사람은 행복한 상태로 산다고.

어느 병원에서 이런 실험을 했다고 한다. 교통사고를 당한 분이었는데, 교통사고 후 트라우마가 생겼다고 한다. 차 경적 소리만 들어도 공포를 느껴 일상생활에 큰 어려움이 있었다고 한다. 담당의사는 이 환자를 치료하기 위해 특별한 치료기계를 만들었다는데, 환자를 의자에 앉혀 놓고 눈높이에서 빨간 불이 왔다 갔다 하게 하고 환자가 고개를 움직여 그 움직이는 빨간 불빛을 집중해서 보게 하였다. 그러면서 간헐적으로 자동차 소리를 들려주다가 나중에는 자동차 소리에 경적 소리도 섞어서 들려주었다고 한다.

물론 처음에는 자동차 엔진 소리와 경적 소리를 시간을 두고 또 볼륨도 약하게 들려주다가 차츰차츰 시간도 좁히고 볼륨도 차츰차츰 크게 들려주었다. 그렇게 2주 정도 치료를 하니까 드디어 환자가 트라우마를 극복하게 되었다는 것이다. 빨간 불빛이 흐르는 것을 집중해서 보는 과정 속에서 뇌 속에 남겨져 있던 자동차 소리에 대한 고통스런 기억을 잊어버리게 된 것이다.

사람의 뇌가 그렇다. 어떤 것을 생각하면 생각할수록 그 생각이 뇌 속에 더 깊이 각인이 된다. 그러나 다른 것을 집중적으로 생각하면, 뇌는 이전의 생각을 감소시키거나 지우고 지금 생각하는 것을 더 활성화시킨다.

이러한 원리를 이렇게 적용해 보자. 현재 내가 불행한 이유를 계속 생각하면 어떻게 되겠는가? 나는 불행한 사람이라는 생각을 하게 되고, 그런 나는 계속 불행한 상태로 사는 것이다. 반대로 내가 행복한 이유를 생각하면 어떻게 되겠는가? 나는 행복한 사람이라는 생각을 하게 되고, 그런 나는 행복한 상태로 살게 되는 것이다.

한때 나는 나만 불행하다는 생각을 했었다. 그런데 내가 힘들게 살면 남도 똑같이 힘들게 살고, 내가 불행하다고 생각하는 만큼 다른 사람들도 자신이 불행하다고 생각한다는 것을 깨달았다. 그 가운데 예수 그리스도를 믿고 하나님의 구원을 얻은 사람은 행복한 사람이라는 것을 깨달았다. 그런 사람은 불행한 이유를 찾느라 깊은 밤이 되어도 잠 못 드는 것이 아니라, 행복한 이유를 찾다가 깊은 잠을 잘 수 있는 사람이다. 그런 사람은 다음 날 눈을 뜨면 세상이 내 것처럼 보이면서 '나'로 사는 행복을 누릴 수 있는 것이다.

왜 나는 나 스스로 나를 불행한 존재로 규정하며 사는가? 나는 그게 너무 싫다. 내가 나를 불행한 존재로 규정하면, 나는 불행한 삶을 살 수밖에 없다. 그러나 하나님이 나를 "너는 행복한 사람이로다!"라고 하신 말씀을 따라 나를 행복한 사람으로 규정하니 어떻게 하면 행복하게 살 것인가를 생각하게 되고, 기왕 살 바엔 행복하게 살 방법을 찾게 되었다. 나는 내가 행복하게 살면 하나님이 나를 불행하게 하실 줄 알았다. 그런데 하나님이 "너는 행복한 사람이로다!"라는 말씀을 믿고 행복하게 살 용기를 내었더니 나를 불행하게 하시지 않고 오히려 나와 가족과 주변 사람들을 행복하게 하시는 것을 경험할 수 있었다!

21
십자가를 질 용기

22 이르시되 인자가 많은 고난을 받고 장로들과 대제사장들과 서기관들에게 버린 바 되어 죽임을 당하고 제삼일에 살아나야 하리라 하시고

23 또 무리에게 이르시되 아무든지 나를 따라오려거든 자기를 부인하고 날마다 제 십자가를 지고 나를 따를 것이니라

24 누구든지 제 목숨을 구원하고자 하면 잃을 것이요 누구든지 나를 위하여 제 목숨을 잃으면 구원하리라

누가복음 9장 22~24절

예수님은 예수님이 져야 할 십자가를 지셨던 것처럼, 우리도 남에게 십자가를 질 것을 요구하기 전에 우리 자신이 자기의 십자가를 나 스스로 질 용기를 내야 한다. 자기의 십자가를 남에게 떠넘기거나 회피할 핑계나 변명을 하기에 급급한 사람은 평생 그렇게 산다. 그러나 자기의 십자가를 정직하게 지는 용기를 내는 사람은 분명 오늘보다는 나은 내일의 삶이 열리는 것을 경험하게 된다.

_본문 중에서

사람에게 가장 무거운 것

십자가는 공장에서 찍어 내는 것처럼 다 똑같은 무게에 똑같은 모양이 아니다. 십자가의 종류는 예수님을 믿는 사람 수만큼 많을 뿐만 아니라 무게도 다 다르다. 그러나 사람이 느끼는 십자가의 무게는 내가 지는 십자가가 세상에서 가장 무거운 것이다. 이렇게 말하는 사람들이 있다. '그것 가지고 뭐 그러냐? 난 그보다 더 심한 고생도 했다.' 이런 사람은 정말 재수없는 사람이다. 그렇게 말하면 안 된다. 오히려 '저런, 얼마나 힘이 들까? 그런데 참 잘도 견뎌 내네, 대단하네!' 이렇게 말해야 한다.

이제 갓 초등학교에 들어간 아이에게 "학교에 가니까 좋지?"라고 물었다. 그랬더니 아이가 시무룩한 표정을 지으면서 고개를 저었다. 그래서 나는 다시 "넌, 적응을 잘 할 거야." 하고 격려를 해 줬는데, 나중에 가만히 생각해 보니 그 격려만으로는 부족했다는 생각이 들었다. 아이는 그동안 자그마치 7년이라는 인생을 살아 내고 8년 차 인생에 접어들어 학교에 들어가서 최고로 어려움을 겪고 있는 것이다. 그래서 며칠 뒤 교회에서 아이를 만나 이렇게 격려를 해 주었다. "아이야, 학교에 들어가서 적응하느라 얼마나 힘이 드니? 그렇지만 넌 학교생활에서 오는 어려움을 잘 이겨 낼 거야. 목사님은 널 믿어. 으랏차차~!"

암튼, 나는 이 세상에서 제일 무거운 것은 바로 자기가 지고 있는 십자가라고 생각한다. 따라서 우리는 서로가 서로를 격려하면서 서로가 자신의 십자가 짐을 잘 질 수 있어야 할 것이다.

예수님의 십자가

예수님의 십자가는 무엇이었을까? 예수님의 십자가는 죄인들을 구원해 주시기 위해 살아서 많은 고난을 받고 장로들과 대제사장들과 서기관들에게 버린 바 되어 죽임을 당하는 것이었다. 성경에는 믿음의 위인들을 다루면서 그들의 멋진 모습 용맹무쌍한 모습만 기록한 것이 아니라, 의외로 약하고 부족하고 허물 많고 죄 많은 모습을 많이 기록하고 있다.

사람들은 자꾸 자기 자신의 허물과 약점은 숨기려 하고, 또 자기가 좋아하는 사람은 그 사람의 약점은 애써 눈을 감고 좋은 모습만 보려 하는 경향이 있다. 그런데 성경은 그렇지 않다. 아담과 하와를 비롯하여 아브라함, 이삭, 야곱, 모세, 다윗, 신약으로 넘어와서는 베드로, 바울 등등 '이렇게 허물들이 많은 사람들이 무슨 성경의 위인이야?' 하는 생각을 하게 할 정도로 연약한 인간의 모습들을 많이 들추고 있다. 거기에 그치지 않고 그 허물 많고 부족한 사람들이 하나님의 부르심을 받아 위대한 사명자의 삶을 사는 모습이 그려져 있다.

성경은 이런 스토리를 통해 우리들에게 무슨 메시지를 전하고 있는 것일까? 약한 자를 들어 강하게 하시는 하나님, 천한 자를 들어 존귀하게 하시는 하나님, 가난한 자를 들어 부요한 자를 부끄럽게 하시는 하나님, 쓸모없는 자를 쓸모 있게 하시는 하나님, 무능한 자를 능력 있게 하시는 하나님의 위대한 승리를 알게 하시려는 것이다.

또한 성경에는 예수님의 인간적 모습도 잘 보여 주고 있다. 예수님은 태어나실 때부터 비참한 환경에서 태어나셨다. 아버지가 가난한 목수이셨기 때문에 어릴 때도 가난하게 사셨고, 예수님 자신도 목수로 살아야 했다. 메시아로서 3년간의 공생애 기간에도 악한 유대 종교 지도자들에게는 "이 독사의 자식들아" 하시면서 욕도 거침없이 하셨고, 사람들이 죄인이라고 거들떠보지도 않는 사람들과는 같이 밥도 먹으면서 친하게 지내셨고, 또 나사로가 죽었을 땐 슬픔의 눈물을 흘리기도 하셨다.

그러는 동안 점점 십자가를 져야 할 날이 가까이 다가왔다. 예수님은 자신이 죄인들을 구원하기 위한 십자가를 져야 할 날이 점점 가까이 다가오고 있음을 잘 아셨다. 대체로 사람들이 오늘을 살아낼 수 있는 것은 이렇게 오늘 하루를 열심히 살다 보면 내일은 오늘보다는 낫겠지 하는 기대 때문이다. 그런데 내일은 사는 게 더 힘들어진다고 하면 좌절하기 쉽고, 어떤 사람은 극단적인 선택도 해 버린다.

예수님은 장로들과 대제사장들과 서기관들로부터 버림을 받고 채찍질 당한 후에 골고다 언덕에 십자가에 못 박혀 죽어야 한다는 것을 잘 아셨다. 그걸 알면서 오늘 흔들리지 않고 뚜벅뚜벅 내일을 향해 간다는 것은 정말 힘든 것이다. 예수님은 제자들과 함께 최후의 만찬을 하셨는데, 예수님은 이미 유다가 자신을 은 30냥에 팔아넘길 것과 예수님을 위해서 죽겠다고 맹세한 베드로가 세 번이나 부인할 것도 알고 계셨다. 그럼에도 불구하고 예수님은 담담한 모습으로 제자들에게 떡을 떼어 나눠 주어 먹게 하시고 잔에 포도주도 따라 주어 마시게 하셨다.

그런 다음 예수님은 제자들과 함께 감람산에 가셔서 제자들을 한 곳에 있게 한 후 저만치 떨어진 곳에 혼자 가셔서 무릎을 꿇고 이렇게 기도하셨다. "아버지여 만일 아버지의 뜻이거든 이 잔을 내게서 옮기시옵소서 그러나 내 원대로 마시옵고 아버지의 원대로 되기를 원하나이다"(누가복음 22:42)라고 하셨다. 예수님의 이 기도는 딱 다섯 글자로 표현할 수 있다. 처절한 기도!

죽음이 기다리고 있는 그 길을 앞에 두고 아직 인간의 몸으로 계시는 예수님은 십자가에 달려 죽는 고통이 얼마나 큰지 아시기에 땀방울이 핏방울처럼 흘러내릴 정도로 "이 잔을 내게서 옮기시옵소서"라고 처절하게 기도할 수밖에 없으셨다. 그렇지만 예수님은 "내 원대로 마옵시고 아버지의 원대로 되기를 원하나이다"라고 기도하셨다. 우리는 '이 잔을 내게서 옮기시옵소서'라는 문장과 '내 원대로 마옵시고 아버지의 원대로 되기를 원하나이다'라고 하는 문장 사이에 예수님의 고뇌가 얼마나 컸었는지 가히 짐작할 수 없다. 그러나 땀방울이 핏방울 떨어지듯 했다는 말씀을 통해 예수님의 기도는 딱 다섯 글자 '처절한 기도'였다로 규정할 수 있다.

하나님이신 예수님은 죄인을 구원하시려고 낮고 천한 몸으로 이 땅에 오셨다. 그 예수님은 낮고 천한 목수의 아들로, 또 자신도 목수로 사시다가 때가 되어 죄인들을 구원하시기 위해 우는 자의 눈물을 닦아 주시고 넘어진 자의 손을 잡아 주시고 열심히 사는 자의 등을 두드려 주는 삶을 사셨다. 그래서 많은 사람들이 예수님을 따랐다. 예수님은 그런 사람들을 지지 세력으로 삼아 타락한 유대 종교 지도자들을 몰아내고 자신이 유대 종교의 최고지도자가 되려는 시도를 할 수 있었을 것이다.

당시 유다는 로마의 식민지였다. 우리도 일본의 식민지가 되어 36년 동안이나 살면서 피눈물을 많이 흘리면서 독립운동을 했듯이 유다 백성들도 로마의 식민지 백성으로서 피눈물을 많이 흘리면서 독립운동을 했다. 예수님의 제자들도, 또 예수님을 따르던 많은 무명의 사람들도 예수님이 못된 유대 종교 지도자들을 혼내 주고 또 로마로부터 해방시켜 주기를 바랐다. 그런데 예수님은 처절한 기도의 과정을 통해 그런 분위기에 편승해서 유대인의 영웅이 되려 하기보다는 하나님 아버지의 뜻을 따라 자신을 죄인들의 구원을 위한 십자가의 제물로 드리기로 작정했고, 이를 위한 용기를 내셨다.

십자가를 질 용기

예수님을 믿는 용기를 낸 우리는 자기 자신의 십자가를 지는 용기를 낼 수 있어야 한다. 내가 젊었을 적에, 나는 내가 남의 십자가도 대신 져 주어야 하는 줄 알았다. 그런데 나이가 들어가면서 깨닫는 것은 사람이 자기 십자가만 잘 져도 하나님께서 기뻐하신다는 것이다. 자기 십자가도 지지 못하는 주제에 남의 십자가까지 져 주려고 하는 사람은 믿음이 좋다고 하기보다는 어쩌면 만용일 수 있다는 것이다. 그러면서 남의 십자가를 대신 져 주기 전에 먼저 자기 십자가를 제대로 지는 용기가 필요하고, 주님은 그런 사람을 기뻐하실 것이라는 생각이 들었다.

남편은 남편의 십자가가 있고, 아내는 아내의 십자가가 있다. 부모는 부모의 십자가가 있고, 자녀는 자녀의 십자가가 있다. 고용주는 고용주의 십자가가 있고, 근로자는 근로자의 십자가가 있다. 선생은 선생의 십자가가 있고, 학생은 학생의 십자가가 있다. 자기 십자가를 누가 대신 져 주기를 바라는 것은 미련하고 어리석은 마음이며, 남의 십자가를 대신 져 주려고 하는 것은 만용일 수도 있다. 자기 십자가는 자기가 질 용기를 내야 한다.

여기서 우리가 해야 할 질문이 있다. 예수님이 지셨던 십자가를 나도 져야 하는가? 나는 아니라고 본다. 예수님은 예수님이 져야 할 십자가를 지신 것이다. 그 예수님이 우리에게 말씀하시기를 "나를 따라오려거든 자기를 부인하고 자기 십자가를 지고 나를 따를 것이니라"(마태복음 16:24)고 하셨다. 따라서 나는 예수님을 믿을 용기를 낸 사람은 그다음으로 자기 십자가에 대한 답을 얻어야 한다고 생각한다.

첫째는 내 자신의 십자가는 무엇인가, 둘째는 하나님이 내게 허락하신 가정에서 내가 져야 할 십자가가 무엇인가, 셋째는 내가 다니는 교회에서 내가 져야 할 십자가가 무엇인가, 내가 사회인으로서 져야 할 십자가는 무엇인가… 이 네 종류의 십자가에 대한 답을 스스로 얻어야 한다는 것이다. 그 답을 얻은 다음에 그 십자가를 질 용기를 내야 한다는 것이다.

나는 나름대로 나 자신과 가정과 교회와 사회에 대한 십자가를 지려고 노력을 많이 해 왔다. 그런데 며칠 전에 아직도 내가 감당하지 못할 십자가가 있다는 것을 느꼈다. 교회 정원 정리를 하던 중 창고에 연장을 꺼내러 갔는데, 연장이 있던 종이박스에 고양이 한 마리가 죽어 있는 것을 보고 너무나 놀랐다. 뒷걸음질 쳐서 저만치 가서는 대한민국 공수특전사 출신인 우리 교회 전도사에게 SOS를 치고, 또 직원들 단톡방에도 '사무실 계단 밑에 고양이가 죽어 있는데, 무서워요. 누가 처리 좀 해 줘요.'라고 SOS를 쳤다. 그랬더니 나보다 나이가 훨씬 많은 남자 직원이 나타나서 해결해 주었다. 나는 그가 영웅처럼 보였다.

내가 그 일을 겪으면서 이런 생각을 했었다. 나는 홀로 강추위의 날씨에도 길거리에 나가 오가는 사람들에게 인사를 할 용기를 낼 수 있다. 그러나 나는 정작 죽은 고양이 한 마리 처리할 용기도 내지 못한다. 그런데 나보다 나이가 훨씬 많아 체력도 딸리고 찬바람 부는 길거리에 나설 용기도 없지만 내가 처리하지 못하는 죽은 고양이를 담담하게 처리할 수 있는 용기를 가진 사람도 있다는 것이다. 그러면서 나의 용기도 대단하지만, 그의 용기도 대단하다는 것을 알게 되었다.

우리는 끊임없이 십자가에 직면하게 된다. 30여 년의 세월 동안 목회를 하면서 남에게는 십자가를 질 것을 요구하면서 정작 자신의 십자가는 남에게 떠넘기거나 회피하는 사람들을 많이 보았다. 자기 십자가를 지고 가는 사람 어깨 위에 자신의 십자가를 더 얹어 놓는 사람들도 보았다. 부끄럽지만 나에게도 그런 모습이 있었다.

예수님을 믿는 용기를 가진 사람은 자신에게 주어진 십자가를 자신이 지는 용기를 내어야 한다. 그런데 누구의 용기는 대단하고, 누구의 용기는 덜 대단한 것이 아니다. 중요한 것은, 그 어떤 십자가이든지 간에 사람이 자기 십자가를 알고 그 십자가를 지는 용기를 낸다면 그 사람은 대단한 사람이라는 것이다.

예수님은 예수님이 져야 할 십자가를 지셨던 것처럼, 우리도 남에게 십자가를 질 것을 요구하기 전에 우리 자신이 자기의 십자가를 나 스스로 질 용기를 내야 한다. 자기의 십자가를 남에게 떠넘기거나 회피할 핑계나 변명을 하기에 급급한 사람은 평생 그렇게 산다. 그러나 자기의 십자가를 정직하게 지는 용기를 내는 사람은 분명 오늘보다는 나은 내일의 삶이 열리는 것을 경험하게 된다.

22
헌신할 용기

1 그러므로 형제들아 내가 하나님의 모든 자비하심으로 너희를 권하노니 너희 몸을 하나님이 기뻐하시는 거룩한 산 제물로 드리라 이는 너희가 드릴 영적 예배니라

2 너희는 이 세대를 본받지 말고 오직 마음을 새롭게 함으로 변화를 받아 하나님의 선하시고 기뻐하시고 온전하신 뜻이 무엇인지 분별하도록 하라

로마서 12장 1~2절

강요받은 헌신은 몸과 마음을 병들게 하기 쉽다. 그러나 자원하는 마음으로 헌신할 용기를 내는 자는 진정한 영혼의 자유를 누리면서 세상을 이기는 자로 살게 된다. 내게 헌신할 수 있는 기회를 주신 하나님이 감사하고, 크건 작건 내가 헌신할 수 있는 사실이 기쁘다. 설령 내가 밤낮으로 수고한 열매를 손에 쥐지를 못하고, 사람들로부터 인정을 받지 못할지라도 나는 충분히 행복한 사람으로 살 수 있다. 좋지 아니한가!

_본문 중에서

‘십자가’와 ‘헌신’

신앙인들은 ‘십자가’라는 단어를 생각하면 두 가지를 생각하는 경향이 있다. 하나는 ‘구원’이다. 예수 그리스도는 인간의 죄를 사해 주시기 위해 십자가에 달려 죽으셨고, 인간은 십자가에 달려 죽으신 예수 그리스도를 구세주로 고백함으로써 죄사함을 받고 구원을 얻는다. 그래서 신앙인들은 십자가라는 단어만 생각하면 예수님의 구원을 떠올리며 그 은혜에 감사를 드리게 된다.

다른 하나는 ‘헌신’이라는 단어를 떠올리며 십자가에 대해 부담을 느낀다. 왜냐하면, 십자가를 지는 헌신에는 정신적으로나 신체적으로 고통을 수반하는 것이기 때문이다. 그래서 내가 헌신을 요구받는 교회보다는 나를 위해 헌신해 줄 수 있는 교회를 찾고자 하는 신앙인들도 있는 것이 엄연한 현실이다.

여기서 우리가 생각해 보게 되는 것은 믿음의 열매는 헌신이라는 것이다. 어떤 사람이 믿음이 좋다는 것은 성경을 많이 읽고 성경 공부를 많이 하고 많은 훈련을 받았다는 것이 아니라 헌신을 많이 한다는 것을 의미한다. 이렇게 믿음의 열매는 헌신이다. 그런데 믿음이 헌신의 열매로 나타나기 위해서는 용기가 필요하다.

바울 사도는 로마서 12장 1절에서 "너희 몸을 하나님이 기뻐하시는 거룩한 산 제물로 드리라"고 했다. 그러면 '거룩한 산 제물로 드린다'는 말씀이 무엇을 의미하는가? 이 질문에 대하여 각자 나름의 답을 얻는 자는 영혼의 자유함을 누리며 살게 될 것이고, 답을 회피하는 자는 평생 신앙 인생의 무거운 짐에 짓눌리게 될 것이다.

바울 사도는 율법에 있어서 다른 어떤 사도들보다 해박한 지식을 가진 사도였다. 그는 정통 유대인이었다. 그런 그가 예수님을 믿고 나서 "복음에는 하나님의 의가 나타나서 믿음으로 믿음에 이르게 하나니 기록된 바 오직 의인은 믿음으로 말미암아 살리라 함과 같으니라"(로마서 1:17)고 했고, "그리스도는 모든 믿는 자에게 의를 이루기 위하여 율법의 마침이 되시니라"(로마서 10:4)고 했고, "내가 너희 중에서 예수 그리스도와 그가 십자가에 못 박히신 것 외에는 아무 것도 알지 아니하기로 작정하였음이라"(고린도전서 2:2)고 선언하였다.

거룩한 산 제물

이런 선언의 말씀들을 보면, 바울 사도는 구약 성경이 마치 필요 없는 것처럼 보인다. 그런 그가 "너희 몸을 하나님이 기뻐하시는 거룩한 산 제물로 드리라"(로마서 12:1)고 했는데, 이 말씀 자체는 매우 구약적인 말씀이다.

율법에는 제사법과 의식법과 도덕법이 있다. 제사법에서 정하고 있는 제사는 번제, 소제, 화목제, 속건제, 속죄제이다. 의식법에서는 각 제사를 드리는 방법과 각 제사에 드리는 제물을 정하고 있다. 도덕법에서는 하나님의 백성들이 일상생활을 할 때 지켜야 하는 법들이 망라되어 있다.

율법에 따르면, 하나님의 백성들은 모든 율법을 하나도 빠짐없이 완전무결하게 지켜야 구원을 얻게 된다. 그런데 바울 사도는 "그러므로 율법의 행위로 그의 앞에 의롭다 하심을 얻을 육체가 없나니 율법으로는 죄를 깨달음이니라"(로마서 3:20)고 했고, "오직 의인은 믿음으로 말미암아 살리라 함과 같으니라"(로마서 1:17)고 했다.

율법 전문가였던 바울 사도는 인간이 율법이 있어서 무엇이 죄인지는 알아도 율법을 완벽하게 지킬 능력은 애초에 없다는 것을 깨달았다. 십자가에 못 박혀 죽으시고 부활하심으로 율법을 성취하신 예수 그리스도를 믿음으로써만 구원을 얻을 수 있다는 것을 깨달았던 것이다.

그 바울 사도가 로마서 1~11장까지 기독교 교리를 설명한 다음에 믿음의 실천에 들어가서는 다분히 율법적 뉘앙스가 묻어나는 "너희 몸을 하나님이 기뻐하시는 거룩한 산 제사로 드리라"(로마서 12:1)고 하면서 이어서 또 그것이 예수님을 믿는 사람들이 드릴 영적 예배라고 했다. 이 말씀에서 우리가 무엇을 배울 수 있을까?

나는 앞에서 율법에서 말하는 5대 제사를 말했다. 구약시대에는 죄사함을 받기 위해, 하나님과 화목을 누리기 위해, 하나님의 은혜에 감사하기 위해 각종 짐승을 바치고 각종 곡식을 바쳐야 했다. 그렇게 율법에 규정한대로 제사를 드리는 것이 구약시대의 예배였다.

그러나 예수님의 십자가 죽음과 부활로 인해 도래한 복음시대는 더 이상 율법적 제사와 의식은 다 폐하여졌다. 하지만 그 제사의 정신은 더욱 강화되었다. 살아 있는 나 자신을, 나의 삶을 하나님께 드리라는 것이다. 나의 구원을 위해, 내가 잘 되기 위해 짐승들을 희생시키거나 사람들을 희생시키지 말고 살아 있는 나 자신을, 나의 삶을 하나님께 드리라는 것이다. 그것이 진정한 예배라는 것이다.

헌신할 용기

나는 목사요 사회복지사요 음악치료사요 시니어 모델이요 작가요 지역활동가이다. 그 이전에 한 여자의 남편이요 두 자녀의 아비의 삶이 있다. 그런 나는 나의 삶을 잘 살아 내고 싶다. 그런 나에게 이런 바람이 있다.

'하나님, 제 마음 아시죠? 그러니 하나님이 저를 위해 헌신해 주세요.', '성도님들, 제 마음 아시죠? 그러니 성도님들이 저를 도와주세요.', 직원들이나 주민들에게 '여러분, 제 마음 아시죠? 그러니 여러분이 저를 도와주세요.', 아내나 자식들에게 '여보, 내 마음 몰라? 얘들아, 아빠 마음 몰라? 알잖아? 그러니 나를 도와줘.'

그러한 내 안의 나를 들여다보면서 이런 생각이 드는 것이다. 어쩌면 하나님이 나에게 '몰라. 난 그런 생각을 가진 너에게 관심 없어.'라고 하시고, 사람들은 '미안한데요, 저 사실 목사님이 하시는 일 별로 관심 없어요.', 가족들은 '여보, 아빠, 됐어. 더 이상 말하지마. 그냥 가만히 있어 줘.'라고. 그러면서 "너희 몸을 하나님이 기뻐하시는 거룩한 산 제물로 드리라"(로마서 12:1)고 한 말씀이 가슴을 찔렀다.

십자가라는 말은 참으로 은혜로운 말이면서 동시에 부담스러운 말이다. 헌신이라는 말도 참으로 은혜로운 말이면서 동시에 부담스러운 말이다. 십자가를 지고 헌신하라는 말, 그런 말을 하기는 쉽지만 실천하기는 너무 어렵고 힘든 말이다. 그런데 우리가 정말 예수님을 믿는다면, 나의 그 믿음을 나의 삶 속에서 헌신으로 나타내는 용기를 내야 한다.

그 용기는 공부를 많이 한다고 해서 낼 수 있는 것이 아니다. 예수 그리스도의 말씀이 내 마음 깊은 곳에서 큰 울림으로 와닿으면서 동의가 되고, 그 말씀을 붙들고 헌신을 위한 기도를 할 때 성령이 내게 임하셔서 나로 하여금 용기를 내게 하시는 것이다.

강요받은 헌신은 몸과 마음을 병들게 하기 쉽다. 그러나 자원하는 마음으로 헌신할 용기를 내는 자는 진정한 영혼의 자유를 누리면서 세상을 이기는 자로 살게 된다. 내게 헌신할 수 있는 기회를 주신 하나님이 감사하고, 크건 작건 내가 헌신할 수 있는 사실이 기쁘다. 설령 내가 밤낮으로 수고한 열매를 손에 쥐지를 못하고, 사람들로부터 인정을 받지 못할지라도 나는 충분히 행복한 사람으로 살 수 있다. 좋지 아니한가!

에필로그

탈고를 한 후에 마음이 편치 않았다. 무엇인가 하나 빠진 것 같았다. 맞다. 내가 쓰고 싶었던 글을 의도적으로 빠트린 게 하나 있었다. 용감하기로는 둘째가라면 서러워할 나이지만, 비교적 은혜롭게 쓴다고 쓴 이 책에서 내가 마지막으로 쓰고 싶은 글을 쓰면 비판의 화살과 비난의 돌을 맞을 것 같아 일부러 쓰지 않았었다. 이 책 주제가 용기인데, 정작 나 자신이 용기를 못 낸 것이다. 그래서 마음이 불편하고 괴로웠다. 이제 나의 용기의 정점을 찍기로 했다.

나는 정치하는 목사다!

단순히 적극적으로 투표를 하고, 특정 정당과 정치인을 지지하는 것을 넘어 나 자신이 직접 출마에 도전하기도 했던 정치하는 목사다. 흠과 허물이 많은 목사이자 사회복지사인 내가 그런 용기를 냈던 이유는 내 인생의 2/3를 목회 현장과 사회복지 현장에서 살면서 다음의 두 가지 결론을 얻었기 때문이다.

첫째, 기독교 세계관에 따른 목회적 관점에서 하나님의 주권과 통치가 인정되고 이루어지게 하는 사역의 마지막 보루는 정치이며, 정치 분야는 영적인 가나안이라고 할 수 있다. 신앙인에게 있어서 가나안은 점령해야 할 땅이지 무서워하고 피할 대상이 아니라는 것이다. 그런 점에서 신앙인이기 때문에 더욱 정치 분야에 하나님의 나라가 임하게 하기 위해서 정치에 참여해야 한다는 것이다.

둘째, 사회복지 관점에서 천사표 신앙인 혹은 천사표 사회복지사가 되어 '착한 사람'으로 사는 것도 중요하지만, 사회적 약자들에 대한 진정한 권리신장과 복리증진을 위해서는 입법권이 있는 정치 분야에 진입할 필요가 있다는 것이다. 나는 평생 사회복지 현장에서 일하면서 우리 사회에 천사표 사회복지사들도 중요하지만, 진정한 사회복지 마인드 탑재와 사회복지 실천 경험을 많이 가진 사회복지사들이 입법권을 가진 정계에 진출하는 것도 중요하다는 것이다.

또한, 나는 이 문명 시대에 무조건 여당 무조건 야당 지지는 반기독교적 반지성적이라고 생각하며 스스로 정치 노예가 되는 것이라고 생각한다. 여당이건 야당이건 잘하면 지지하면서 힘을 실어 주고 못하면 지지를 철회하면서 실어 주었던 힘을 빼 버리는 것이 진정한 민주시민이라고 생각한다. 그래서 기성 정치인들이 그런 의식을 가진 시민들이 무섭고 그런 의식을 가진 교회가 무섭고 목회자들과 성도들이 무서워서 허튼짓하지 못하게 해야 한다.

나는 과거의 허물을 속죄하는 의미도 있었고, '착한 목사' '착한 사회복지사'가 되면 떡고물이라도 하나 더 얻어먹을 수 있을까 하는 기대심리도 있었고, 괜히 정치에 관심을 가졌다간 권력가들에게 찍혀 삶이 고달프고 내 삶의 기반이 무너질까 봐 무섭기도 했다. 그래서 앞에서는 '천사표' 행세하고, 뒤에서 정치인들을 손가락질하고 한국 정치를 비판했었다.

어느 날 그런 내가 너무 비굴하고 비겁하게 느껴졌다. 목사로서, 영적 가나안이라고 할 수 있는 현실 정치에 여호수아와 갈렙의 정신과 용기를 가지고 뛰어드는 것이 하나님 앞에 덜 부끄러울 것 같았다. 또한 사회복지사로서, 사회적 약자들이 나의 생존을 위한 수단이 아니라 목적으로 삼고 정치 일선에서 그들의 권리신장과 복리증진을 위하는 것이 나의 소명이라는 생각을 하게 되었다.

하나님의 은혜로 용기를 냈다. 비판의 화살과 비난의 돌을 맞는 것이 두렵지 않았다. 나의 용기가 나의 삶의 터전을 무너뜨릴 수도 있기에 두렵기도 했지만, 용기는 두려움을 이기게 했다. 그 용기는 나로 하여금 더욱 담대해지게 했고, 의연해지게 했고, 당당해질 수 있게 하였고, 정신적으로나 영적으로 더욱 성장하게 해 주었다. 삶의 기반도 허물어지지 않았다.

나는 목사이고 사회복지사이기에 더 좋은 세상을 위해 정치에 참여할 용기를 냈다. 이로 인해 나는 더 이상 하나님 앞에서나 세상 앞에서 비굴함과 비겁함의 부끄러움을 느끼지 않는다. 그리고 그런 용기를 낸 나 자신을 칭찬해 주고 싶고, 그런 용기를 낼 수 있도록 성령으로 부추겨 주신 하나님께 감사한다.

나는 현실 정치에 뛰어들면서 간절한 바람이 있었다. 나보다 젊은 사람들이, 나보다 더 유능하고 똑똑한 젊은 사람들이, 나보다 더 깨끗한 젊은 사람들이 오늘보다 나은 내일을 여는 정치에 뛰어들기를 바라는 그 바람이 있었다. 특히, 기독지성을 갖춘 젊은이들이 교회 안에 갇혀 있지 말고 여호수아와 갈렙의 정신과 용기를 가지고 영적 가나안인 정치 분야에 투신하여 하나님의 주권과 통치가 이루어지는 나라를 만들어 주었으면 하는 그런 간절함 바람이 있었다.

근자에 들어와 2030세대가 정치에 많은 관심을 가지게 된 것은 참으로 환영할 만하다. 나는 2030세대가 기성 정치인들에게 정치적으로 소비당하지 말고 자신들의 내일을 위해 정치를 생산할 용기를 내기를 바란다.

이렇게 책의 마지막에 내가 쓰고 싶은 말을 다 쓰고 나니 속이 후련하다. 나 자신이 책 제목에 부끄럽지 않아 기쁘다.

Just do it!
Nothing is impossible!
Dum spiro, Spiro!

지금 당장 행동하라!
불가능한 것은 없다!
숨 쉬는 한, 희망은 있다!

"이것을 너희에게 이르는 것은 너희로 내 안에서 평안을 누리게 하려 함이라 세상에서는 너희가 환난을 당하나 담대하라 내가 세상을 이기었노라"

요한복음 16:33